名流詩叢 26

伊拉克現代詩100首

100 Iraqi Modern Poems

伊拉克呀，喪葬的國度，
從歷史黎明到最後炸彈，
伊拉克呀，你一直在流血。
死亡是我們的名字。
生命
只能羞澀翻滾。

〔伊拉克〕雅猶‧阿爾巴卡特 (Ati Albarkat) ◎編著

李魁賢 (Lee Kuei-shien) ◎譯

譯序

　　以前巴爾幹半島有歐洲火藥庫之稱，第二次世界
大戰結束後，中東地區形成另一個火藥庫，而這隨時
引爆的中心點就在伊拉克。從上世紀80年代兩伊（伊
拉克和伊朗）戰爭（1980年9月至1988年8月20日），
90年代波斯灣戰爭（伊拉克入侵科威特，1990年8月2
日至1991年2月28日，接著因生化武器疑案調查延續到
20世紀末），導致2003年美伊戰爭（2003年3月20日至
2011年12月18日），然後伊斯蘭國崛起，2014年6月6
日，從敘利亞跨國入侵伊拉克北部摩蘇爾市。四十年
來，伊拉克幾無寧日。

　　2003年美國攻打伊拉克時，布希和海珊利用媒體
互相嗆聲，我很想知道伊拉克詩人的心聲，就開始大
量閱讀伊拉克詩作，同時策劃一個《伊拉克詩選》，
翻譯10位詩人作品20首，發表在《文學台灣》第47期
（2003年秋季號），由此深切體會到伊拉克現代詩異
質的存在，也在當時《Taiwan News總合週刊》寫過短
文〈伊拉克詩人的聲音〉和〈庫德人圓夢的機會〉，
後來分別收入台北縣政府文化局出版的《李魁賢譯詩

集》第三冊（2003年）和散文集《詩的越境》（2004年）。

　　基於此機緣，在策劃2016年淡水福爾摩莎國際詩歌節時，邀請到伊拉克詩人雅遜‧阿爾巴卡特（Ati Albarkat）與會，就開始和他商討合作編譯介紹伊拉克詩作，給台灣讀者的計畫。在淡水詩歌節見面再度確定後，雅遜在伊拉克和僑居地美國兩地來回奔波的百忙中，陸續把選詩傳給我，經過半年的努力，終於完成這本《伊拉克現代詩100首》。就伊拉克詩人本身立場和觀點編選，呈現伊拉克人民的苦難，深具詩性現實和伊拉克社會現實交揉並列的系統性，在進行翻譯過程中經歷一次又震撼又愉快的經驗，願與讀者共享。

　　　　　　　　　　　　　　　　　　2017.03.29誌

目次

穆汗默德・馬赫迪・傑瓦希里
Muhammad Mahdi Al-Jawahiri

　　穆汗默德・馬赫迪・傑瓦希里（Muhammad
Mahdi Al-Jawahiri, 1899-1997）出生於伊拉克納查夫
（Najaf）。父親極力培養他成為宗教家，但他偏好
文學，第一次穿起教士袍時，即投入1920年反抗英國
殖民統治的革命行動。1928年出版第一本詩集《情念
之間》，然後在費薩爾一世國王宮廷內任職。不久，
離職前往巴格達，從事新聞工作，出版一系列報紙，
包括《幼發拉底河》（Al-Furat）、《政變》（Al-
Inqilab）、《普遍觀點》（Al-Ra'i al-'Am），幾度獲
選為伊拉克作家聯盟主席。

造福者底格里斯河
Tigris The Welfare Donor

我從遠方問候你的底格里斯河岸

請迎接我

造福者底格里斯河呀，果樹園主底格里斯河

請迎接我

我問候你的嫵媚河岸渴求庇護處。

好像白鴿在你的泥水中走來走去。

底格里斯河清水源，我怎能願意離開你？

只要一旦離開你，我會常常不快樂。

我苦於迫切要搶各處清水源。

一處又一處，無一適度止息我渴望的心靈。

你簡直是溫柔微風間的駕船技術舞蹈！

平靜彈跳總是吸引微風表演。

但願這廉價船帆是我壽衣。哀哉！

包覆這船難死亡折磨心靈，只有許願！

造福者底格里斯河呀；我們的願望幾乎無處訴。

絲毫無保證的雄心，欸，真可怕。

你能為我安頓一個憩息室嗎？

在你河岸草叢和盛開玫瑰花間。

平靜擁抱我在遠方邊境痛苦折磨的心靈。

然而激動的心仍然意識到你的苦難。

在我迅速跑開之前搖動我且幻想把我漂走。

造福者底格里斯河呀，女巫眺望的河流。

你是放在葡萄串蔭影下的酒桶。

然而，你是喪鐘，你有迷人的特色。

雖然你是橄欖枝，卻有背叛天性。

底格里斯河呀，你是歡呼和調情時的巴格達寶石。

在你尚未停流時，寶石經常與權力同在。

底格里斯河呀，你是《天方夜譚》的見證。

那風格依然永久不變而且依然有趣。

有一天你會是詩人艾布‧努瓦斯*1娛樂度假村。

因為文明有一天已穿戴哈倫‧賴世德*2裝飾品。

他是甜蜜時光有禮貌的完美之士。

其所犯罪行是智取政權。

他攜帶酒甕隨行卻心懷怨恨。

他散財於慈善成千上萬。

綾羅絲綢衣服的典當人不值得稱讚。

哈里發⋯⋯他是古代藝術多姿多彩的鼓吹者。

他諦聽時代及其人民有一天敲起鐘聲。

在棕櫚主日節一再敲了又敲。

造福者底格里斯河呀，你的寬容嚴重影響我的激情。

籠罩你的悲傷轉變成我的心臟疾病。

而壓迫的禍害有時還是會濺在淨水上。

進攻猛烈的馬群仍然會舔你的水。

牠們每天早晨衝進安靜村莊和市中心。

造福者底格里斯河呀，總之，時代即將結束。

善行與惡行永遠不會相混。

沒有善行會涉及惡質

除非有善心不然擺脫不了撒旦行為。

*1 艾布・努瓦斯（Abu Nuwas, c. 750-c. 810）是
   阿拉伯阿拔斯王朝前期（750-835）重要詩
   人，有波斯血統。
*2 哈倫・賴世德（Hanun ai-Rashid, 763/766-
   809）是阿拔斯王朝第五代哈里發，啟發
   《1001夜》故事，亦稱《天方夜譚》。

飢餓搖籃曲
Lullaby For The Hungry

睡吧，飢餓的人，睡吧！
食物之神在照顧你。
睡吧，如果你睡不飽
清醒時，睡眠還是會佔領你。
睡吧，像奶油滑溜溜承諾的思考，
調和甜如蜜的文字。
睡吧，享有最佳健康。
為不愉快而睡覺是多麼美好的事！
睡到早晨復活
會有足夠時間起床。
睡在沼澤
用鹹水沖洗。
睡眠調協蚊子營營聲
似鴿子在嘀咕。
睡眠迴響長篇大論
像大權在握的政治家。
睡吧，飢餓的人，睡吧！
睡眠是一種平安祝福。

你要起床是笨蛋，
在和聲領域插不和諧音。
睡吧，為了改革只存在於
你睡眠中的腐敗。
睡吧，飢餓的人，睡吧！
不要斷掉別人的生計。
睡吧，肌膚不能忍受
當你醒來時，利箭雨下。
睡吧，為了牢獄中庭
盈滿暴力死亡，
而你經過粗暴的虐待後
更是需要休息。
睡吧，領導人會因疾病無救
感到輕鬆。
睡吧，飢餓的人，睡吧！
睡眠更能保護你的權利
睡眠最有益於
穩定情緒和守紀律。

睡吧，我祝福你；
我祝你平安，在你睡覺時。
睡吧，飢餓的人，睡吧！
食物之神在照顧你。
睡吧，飢餓的人，睡吧！
食物之神在照顧你。

納姬珂·馬萊卡
Nazik Al-Malaika

　　納姬珂·馬萊卡（Nazik Al-Malaika, 1923-2007），出身世家，1944年巴格達學院畢業，1959年美國威斯康辛大學麥迪遜分校比較文學藝術碩士，曾任教於巴格達大學、巴士拉大學和科威特大學。遺留下最令人懷念的詩集，包含《夜晚情人》（1947年）、《火花與灰燼》（1949年）、《波底》（1957年）、《為祈禱和革命》（1973年）和《在海變色時》（1974年）。短篇小說集有《茉莉》和《太陽越過山頭》。1970年完成長詩《生命悲劇與歌頌男人》。身為自由詩創新者之一，改變了阿拉伯詩的面貌，她勇於發言批評傳統男性宰制社會，使她保有女先鋒的真正繼承者身分。

給文字的情歌
Love Song for Words

當文字已經是玫瑰手掌，
芬芳輕輕拂過我們臉頰，
夏天某日，渴唇啜吸
爽心葡萄美酒的酒杯，
我們為什麼要怕文字？
文字好像看不見的鐘，
回聲在我們困苦生活中宣揚
迷人的黎明時期來到，
沉浸於愛情，而生命呢？
然則我們為什麼要怕文字？
我們在默默中取樂。
我們變安靜，怕祕密可能脫口而出。
我們以為文字裡躺著看不見的盜墓賊，
蹲伏，以字母隱藏不讓時間耳朵聽到。
我們給渴望的字母加上手銬腳鐐，
禁止為我們把夜散布
做為緩衝，滴下音樂、夢想
和溫暖的杯子。

我們為什麼要怕文字？
其中有滑溜甜蜜的文字
字母從兩唇引出希望的溫情，
而享受快樂的他人
已經度過醉眼矇矓的剎那歡喜。
文字、詩，溫柔
轉向撫摸我們臉頰，在
回聲中熟睡，擁有豐富色彩，沙沙響，
一種祕密熱情，一種隱藏渴慕。
我們為什麼要怕文字？
如果其荊棘曾經傷害過我們，
然後還用手臂摟著我們的脖子
又把甜美香味散布在我們的慾望上。
如果其字母刺穿我們
冷漠轉臉他向
然後也把沉香留在我們手裡
明天就會以生命湧向我們。
那就用兩杯文字滿滿澆淋我們！

明天將為我們建造文字的夢想窩，
高高在上，以常春藤從其字母攀爬。
我們要用詩滋養其新芽
用文字澆水於其花卉。
我們要為害羞的玫瑰建築陽台
以文字砌造支柱，
還有涼爽大廳滿布深蔭，
利用文字護衛。
我們祈禱要奉獻出生命
除了文字……要獻給誰呢？

我是誰？
Who Am I ?

夜問我是誰？
我是祕密──焦慮，陰暗，深奧
我是叛逆性的沉默
用沉默掩飾天性，
罩覆我心以懷疑
和莊嚴，留在這裡
注視，而歲月問我，
我是誰？
風問我是誰？
我精神混沌，無關時間
我同樣，從來不休息
繼續旅行沒有終點
繼續經過沒有停頓
若遇到彎路
以為是我們痛苦結束
然而，非也
時間問我是誰？
我同樣，是擁抱世紀的巨人

我回來賜予世紀復活
從快樂希望的魅力
創造遙遠的過去
我回來要加以埋葬
為自己流行新的昨天
而明日是冰。
自己問我是誰？
我同樣困惑，凝視陰影
得不到什麼和平
我繼續問──而答案
仍然被海市蜃樓蒙蔽
我一直以為已經接近
但是到達時──已經溶化、
死亡，消失。

陌生人
Strangers

把蠟燭吹熄，讓我們陌生人留在這裡
我們是兩片夜，所以光的意義是什麼？
光落在晚上眼瞼下方的兩個幻想
光落在希望的炮彈破片上
我被稱為我們，我稱自己是我：
熱灰。我們在這裡就像光
陌生人呀……
灰暗寒冷的聚會像冷天
謀殺我的聖歌和埋葬我的感情
時鐘在黑暗中敲九響，然後十響
我在痛苦中邊聽邊計數。迷惑不解
問時鐘我的幸福意義是什麼
如果我們度過晚上，你更清楚……
陌生人呀
經過數小時像籠罩蕭瑟的往昔
像未知的明天，我不知道是黎明或黃昏？
經過數小時而沉默就像冬天氣候
你沒看見嗎？我們眼睛又蕭瑟又悽冷

好像正在扼殺我，壓制我的血液
彷彿在我內心表明說
你們兩個在黃昏的風暴之下
陌生人呀
把蠟燭吹熄，兩個心靈在深夜
光落在像秋色的兩人臉上
你沒看見嗎？我們眼睛又蕭瑟又悽冷
你沒聽到嗎？我們心又擴張又失落
我們沉默是威脅警告的回聲
我們會由此轉回到諷刺
陌生人呀……
今天誰來帶我們？我們從哪裡開始？
昨天還不知道我們是同志……讓我們
丟棄記憶，當做從我們年輕起就沒有過
倏起倏落的愛情過去了，忘掉我們
啊……但願能回到我們從前
在我們消失之前，我們依然是從來沒有
陌生人呀。

新年
New Year

新年呀，不要來我們家，我們是流浪者
來自鬼世界，被人所拒絕。
夜逃離我們，命運拋棄我們
我們以流浪精神活著
沒有記憶
沒有夢想，沒有嚮往，沒有希望。
我們眼睛視野已經灰濛濛
靜湖的灰色，
像我們無聲的眉毛，
無脈，無熱，
剝掉詩歌。
我們不知道生命而活著。

新年呀，繼續前進。有路
引導你的步伐。
我們是硬蘆葦的靜脈，
我們不知道傷心。
我們但願死了，被墳墓拒收。

我們願經年累月寫下歷史
如果只有我們知道什麼必定與地方有關
如果只有雪可以給我們帶來冬天
在黑暗中罩覆我們的臉
如果只是記憶，或希望，或遺憾
可能有一天會阻擋我們國家的路途
如果只有我們害怕瘋狂
如果只有我們的生活可能被旅行
或休克，
或不可能愛的悲傷擾亂。
如果只有我們會像其他人一樣死亡。

以上譯自Rebecca Carol Johnson英譯本

反抗太陽
Revolt Against The Sun

她站在太陽前，大聲喊叫：
「太陽呀！妳就像我叛逆的心
青春把生命一掃而空
歷久常新的亮光
供給星星飲用。
小心喔！別讓迷惑的悲傷
或者我眼中的嘆息淚水蒙騙妳。
悲傷是我反抗和抵抗的形式
在夜空下──神格成為我的見證！」
「小心喔！別讓我扮演的悲傷，
我蒼白臉色，或我感情顫抖蒙騙妳。
如果我的困惑和所宣洩的詩人悲傷皺紋
應該在我的眉頭閃亮出現，
只有感情激發我心靈的痛苦
以及對驚人的生命力量流淚時。
只有預言不能飛翔並且如此抵抗
悲傷，面對令人沮喪的生活。」
「我的雙唇壓在他們的痛苦上

我的雙眼，渴求露水。
晚上在我的眉頭留下陰影，
早上又再消除我的希望。
所以我來向馥郁玫瑰叢中的自然，
下午的陰影，傾吐我的困惑。
你卻嘲弄我的深深悲傷和眼淚
訕笑我的愁苦和悲痛。」
「連妳，太陽？多麼憂鬱！
妳是我夢想沉思的對象。
妳是我年輕時歌頌的名字，
在妳氾濫著微笑光明中吟唱。
妳是我舉行聖禮崇拜者
在我尋求庇護時的偶像。
多麼幻滅！現在妳對我
不過是憂鬱和愁容的陰影。」
「我會出於愛每一道輻射光
和眼睛避開妳的閃爍
而粉碎為妳建造的偶像。

妳只不過是欺瞞性光芒的幽靈。
我將由自己心中的夢想創造天堂;
我的生活可以不用妳閃爍的光線。
我們理想主義者,在我們的精神裡
存有神性與不朽失落的祕密。」
「不要把妳的梁木丟在我的樹叢裡!
如果妳上升,不是為了我詩人的心。
妳的光不再攪動我的情緒,
我命中在夜裡有群星啟發心靈。
他們是在黑暗中保持清醒的朋友。
他們了解我的靈魂,我的爆發情緒,
他們在迷人的晚上睜開我的眼皮
接受銀光的輻射線。」
「夜是所有生活的旋律和詩歌
啟發靈感的美神在此漫遊。
心靈不再被監禁,在其中鼓翼
精神在群星之上飛翔。
我經常在陰影和燈光下走過

忘記有不義存在的悲傷，
我唇上一首神聖共鳴的歌曲
利用群星的篷車從我口中唱出。」
「我經常觀看每一道經過的光
在黑夜中構成我的旋律，
或者觀看月亮在黑暗中告別
並在迷人的幻想山谷中漫步。
沉默透過我的心靈發生顫抖
在晚上平靜和黑暗下，
光在我的眼皮內舞蹈，在深層
繪畫心所希望的夢想。」
「太陽呀！至於妳……什麼？
情緒和心情可以在妳身上找到什麼？
不要訝異，如果我愛上黑暗，
妳能夠熔化和解凍的火焰女神
妳撕碎各個揚升的夢想
對於夢想家，和各個迷人的精神──
妳毀滅黑暗所造成的一切

和詩人內心深處的沉默。」
「太陽呀，妳舞蹈燈光的總和，
比我電阻的火焰還要弱些，
妳火力的瘋狂永遠不會擾亂我旋律
只要我的鳴響豎琴留在我手裡。
如果妳該淹沒地球，記住
我的寺廟要除去妳的光芒
埋葬妳揚名的昔日
讓美麗的夜晚露營
度過我的明天。」

阿卜杜·瓦哈布·貝雅遜
Abdul Wahab al-Bayati

　　阿卜杜·瓦哈布·貝雅遜（Abdul Wahab al-Bayati,
1926-1999），伊拉克多產詩人，1950年代最重要阿
拉伯前衛作家之一，與納姬珂·馬萊卡（Nazik Al-
Malaika）和拜德爾·沙基爾·塞雅伯（Badr Shakir al-
Sayyab）並稱。超過半生在伊拉克國外生活。其詩特
徵在於深刻歷史感、使用對話引言、認同工人和貧民
對邪惡權力的革命鬥爭。1950年巴格達大學畢業後，
擔任教師，並編輯暢銷雜誌《新文化》（Al-Thaqafa
Al-Jadida），因涉入反政府活動被解聘，1954年出
國，流亡黎巴嫩、敘利亞、埃及，1958年巴勒維王室
政權被推翻後，回到伊拉克，在教育部任職。1959-
1961年擔任伊拉克駐莫斯科大使館文化參事。後來在
伊拉克政爭中，因其左翼立場一再流亡國外。1980年
被薩達姆·海珊（Saddam Hussein）派駐馬德里外交
使節團文化參事，1990年海珊入侵科威特，他立即辭
職抗議，流亡約旦，1996年遷居敘利亞。1999年因心
臟病逝世。出版詩集二十幾本，包括《百合與死亡》
（1972年）、《歌手與月亮》（1976年）、《愛情、

死亡與流亡》（1990年）、《我聽到海在遠方嘆息》
（1998年）等。

無行囊的旅人
Traveller Without Baggage

來自無處，
無臉、無歷史，來自無處，
天底下，在風呻吟中，
聽見呼喚我：「來吧！」
越過山丘而來。
歷史沼澤被男人踩過
多如沙粒。
大地仍然，男人亦然，
是蔭影的玩物。
歷史沼澤，悲情土地，
而男人，
越過山丘。
等過了或許千夜萬夜，
我徒然聽到他在風中呼喚：「來吧！」
越過山丘。
我，和數千年歲月，
打呵欠、悲傷、無聊，
從無處、

天底下，
靈魂在我內心失望而逝，
我和數千年歲月
正打呵欠、悲傷、無聊。
我會，但徒然！
我會仍然來自無處，
無臉、無歷史，來自無處。
城市燈光和喧鬧遠遠敲擊我。
同樣無聊。
我徒步，什麼都沒帶。
數千年來，無需等待旅人
省下傷感的禮物，
泥和土，
數千年歲月，
和數以千計的蝗蟲眼睛。
城牆出現了，但我何所求呢，
來自依然活生生帶有可恨昔日的世界
竟然沒有反抗聲音？

誰以腐肉為生能有香臉表情？
同樣生活，
同樣生活，
比堅定死亡更強烈的新厭世重闢道路，
天底下
無希望。
靈魂在我內心垂死
像蜘蛛，
我靈魂垂死。
在牆上
光天化日。
這一天絕不是為我。
門已關閉，這一天絕不是為我。
我會，但徒然！
我會依然來自無處，
無臉、無歷史，來自無處。

給兒子阿里兩首詩
Two Poems To My Son Ali

我的傷心月亮呀：

海死了，黑浪吞沒辛巴達的帆船

他的兒子不再與海鷗相互哭喊，

嘶啞聲迴響

反彈

地平線被灰燼籠罩

女巫為誰而唱？

當海死了

新綠浮在浪峰上

整個世界動盪

充滿我們的記憶，當吟遊詩人吟唱

如今我們島嶼氾濫而歌聲轉成

哭泣

雲雀

已飛走，我的傷心月亮呀

河床內的寶藏被埋在

花園盡頭，小檸檬樹下方

由辛巴達藏在那裡

卻空空如也，被灰燼
和雪和黑暗和樹葉埋沒
世界被濛霧遮蔽
我們就要死在這片荒地嗎？
正午的太陽因此被消滅
而窮人的火爐就寂靜無聲嗎？
天不亮的鄉鎮酣睡中：
我在他們的街道喊叫你的名字，黑暗應答
我問你後面的風，正在無聲的心裡呻吟
我在鏡子裡看到你的臉
而日子在遙遠黎明的窗玻璃內
在明信片裡
天不亮的鄉鎮籠罩在冰凍裡：
春天的麻雀已離開教堂
該為誰而唱？當咖啡館已關門
該為誰禱告？破碎的心呀
當夜晚死了
馬車披霜回來

車轅間無馬
由死者駕車
就這樣度過歲月嗎？
酷刑椎心嗎？
而我們，一再流亡，頻換家門
像百合在灰塵中凋謝
我們淪為乞丐，月亮呀，我們死了
我們的火車錯過全然永恆。

貧窮和革命之書
The Book Of Poverty And Revolution

我從深淵向你呼喚，
口舌都乾了，
蝴蝶被你的嘴燒焦。
這場雪是因你夜寒而起嗎？
這貧窮是因你出手慷慨，
以陰影在夜晚門口和我賽跑，
飢餓赤裸蹲在原野，
把我追到河邊嗎？
這無聲石頭是我墳墓的嗎？
在公共廣場處死的時間，是我生命的嗎？
這是你，我的時間呀，
你的臉在鏡子裡刮傷，
你的良心在妓女腳下死了嗎？
你的窮人已經把你出賣
給活人當中的死者。
還有誰要賣給死者呢？
誰會打破沉默呢？
我們當中誰是

當代英雄在重複我們說過的話？
誰會向風低語
暗示我們仍然活著？
死寂的月亮，
是黎明桅杆上、花園牆上的人嗎？
你要搶劫我嗎？
你要離開我嗎？
沒有故鄉和桅索嗎？
啊，我們當時年紀小，有……
貧窮就是那位男人，
我想殺他，喝他的血！
貧窮就是那位男人！
我呼喚離港的船，
呼喚移棲的天鵝，
呼喚不在乎星星的雨夜，
呼喚秋葉，呼喚眼睛，
呼喚所有過去和將來，
呼喚火，呼喚樹枝，

呼喚無人跡的街道，
呼喚雨滴，呼喚橋梁，
呼喚破碎的星，
呼喚古怪的回憶，
呼喚暗房內的所有時間，
呼喚文字，
呼喚藝術家的畫筆，
呼喚陰影和顏色，
呼喚海和舵手
大聲呼喚，
「讓我們燃燒吧，
使火花飛離我們，
照亮叛軍哭聲，
喚醒死在牆上的公雞。」

拜德爾・沙基爾・塞雅伯
Badr Shakir al-Sayyab

　　拜德爾・沙基爾・塞雅伯（Badr Shakir al-Sayyab, 1926-1964），阿拉伯文學重要詩人，1940年代自由詩推手之一，名詩〈雨之歌〉即早期代表作。他革新詩的要素，深深涉入政治詩與社會詩創作，大大影響巴勒斯坦詩人達衛胥（Mahmoud Darwish）。原信奉馬克思主義，後恢復民族主義立場。患退化性神經衰弱症，窮死。出版詩集《枯萎花》、《颶風》、《花與神話》、《和平曙光》、《掘墓人》、《盲妓》、《武器與孩童》、《雨之歌》、《溺水神廟》等。

雨之歌
Rain Song

妳的眼睛是晨光中兩處棕櫚樹叢，
或是月光消退的兩處陽台，
笑時，妳的眼睛，葡萄藤伸展枝葉，
光在舞蹈……，像月亮在河裡
破曉時被槳板攪動漣漪；
宛如群星在底淵晃動……
隱沒入半透明的悲傷迷霧裡
像是海有黃昏的手在拍打；
那裡冬天暖和、秋季瑟瑟發抖，
死與生，黑暗與光亮；
嗚咽擴大到在我心靈震顫
野性熱烈擁抱天空，
兒童狂叫受到月亮驚嚇。
彷彿是飽飲雲彩的罩霧拱門
一點一滴溶入雨中……
彷彿是孩童在葡萄園樹蔭下竊笑，
雨的歌聲

盪漾樹上群鳥的沉默……
雨，答，答，
滴
雨，答

黃昏哈欠連連，從低雲層
澎沱淚水正靜靜流不停。
彷彿小孩睡前想不通
一年前要叫醒母親，卻找不到她，
他一直問，只聽人說
「明天後，她就會回來……」
她必定會再回來，
可是玩伴小聲告訴他
她躺在那山坡，永遠安息在那裡，
吃週圍泥土，喝雨水；
好像絕望漁夫在收魚網
怨罵海和命運
月落時散布歌聲，

雨，滴，答
雨，滴，答

你知道雨會激起什麼傷心事？
你知道雨傾注下來時，排水溝如何哭泣？
你知道孤單的人在雨中感到如何失落？
不停，像流血，像飢民，像愛情，
像孩童，像死者，雨下不停。
妳的雙眼令我在雨中徘徊，
橫越海灣的閃電掃過伊拉克海岸
帶著群星和貝殼，好像
即將由此破曉，但夜用血跡床單
套頭罩下。我對海灣叫喊：「海灣呀，
真珠、貝殼和死亡的賜予者！」
迴音響應，
有如在悲泣：
「海灣呀，貝殼和死亡的賜予者！」
我幾乎聽到伊拉克在培植雷鳴，

把閃電儲存在山間和平原，
風會在山谷裡不留一絲塞穆德人*¹痕跡。
我幾乎可聽到棕櫚樹在喝雨水，
聽見村民呻吟而移民
用槳和帆搶登海灣
雷電風雨交加，唱著：
「雨呀……雨呀……
滴，答，雨呀……」

在伊拉克有飢民
收穫季撒落穀粒，
讓烏鴉和蝗蟲撿取飽食，
穀倉和磨石磨了又磨，
磨粉機在現場轉，人跟著轉……
雨，滴，答……
滴
答
到了離別之夜，流過多少淚，

我們藉口下雨免得挨罵
雨，滴，答
雨，滴，答
因為我們曾經小孩過，天空
在冬天會被雲籠罩，
每年大地轉綠時，飢民會襲擊我們。
在伊拉克沒有一年無飢民。
雨呀……
滴，答，雨呀……
滴，答……

在每一滴雨中
花籽長出紅色或黃色芽苞。
無食無衣的人民哭出每一滴淚
奴隸流出每一滴血
是仰望新曙光的笑容，
乳尖讓嬰兒嘴唇轉成玫瑰紅
在明日的年輕世界，是生命使者。

滴……

答……雨呀……在雨中。

伊拉克有一天會開花

我對海灣叫喊：「海灣呀，

真珠、貝殼和死亡的賜予者！」

迴音響應，

有如在悲泣：

「海灣呀，

貝殼和死亡的賜予者！」

海灣從豐富的禮物當中

滿沙灘上散布冒泡和貝殼

悽慘溺斃的移民骨骸

從海灣深淵、從沉默海底

永遠暢飲死亡，

伊拉克有上千邪門人物在喝瓊漿

幼發拉底河從花卉營養甘露。

我聽到迴音

在海灣玎玎璫璫響

「雨呀……
滴，答，雨呀……
滴，答。」

在每一滴雨中
花籽長出紅色或黃色芽苞。
無食無衣的人民哭出每一滴淚
奴隸流出每一滴血
是仰望新曙光的笑容，
乳尖讓嬰兒嘴唇轉成玫瑰紅
在明日的年輕世界，是生命使者。
雨仍然傾注而下。

*1 塞穆德人（Thamud），古代阿拉伯部族。

譯自Lena Jayyusi和Christopher Middleton英譯本

夾竹桃花枯萎
The Wilt Of Rosebay's Flowers

惡意爆炸刺傷了夾竹桃。
夾竹桃立刻凋謝似衰弱的眼睛
曾經艷紅閃亮清楚越過河流
河水波浪反光似隱隱約約
夾竹桃把裝飾借給河流。
河流似穿著夾竹桃美服流過
夾竹桃至今已多次無償打扮河流。
自由捐出波浪閃爍珠寶和輕柔愛撫
可是，今天亮光永遠熄滅了。
似乎未見露水也未更快樂
今天的項鍊變得零零碎碎。
河岸立即變得灰心沮喪
我多次傷心經過將要枯萎的花卉。
一直哭到花動情陪我流淚
我願用兩把眼淚冷卻其熱望。
像是雲慷慨澆注廢墟
在其分支搖動且顫顫翻滾。
微風立刻橫掃遠颺

我的眼睛呀：夾竹桃花何在？
可能通過河邊找尋事物
我期望綻放場面依然燦爛。
似此，她承諾但又否定她的承諾
其枯萎是令人擔憂的致命結局。
任何人都不會在那裡跟隨或踐踏
我幾乎要急切親吻玫瑰。
再者，我沉醉於其甜美
她一褪色，我就沒希望了。
不能吻她又不能約會。

約伯的創世紀
The Genesis of Job

讚美主！然而，瘟疫卻擴大了。

讚美神！然而，痛苦變得不堪負荷。

讚美神！有些災難是一種貴族身分。

讚美主！有些災難事物是一種慷慨。

是祢賦予這黑暗嗎？

是祢賦予這美妙嗎？

大地感謝雨露嗎？

若雲不下雨就生氣啦！

長年累月，愛情創傷嚴重悲痛。

他們用利刃割裂我腰部。

即使早晨晴朗，疼痛不止。

即使夜晚假死，無法排除痛苦。

但是約伯似已大聲喊叫。

讚美主！這些磨練未乾。

傷口像是至親情人的禮物。

我常懷抱愛情創傷作為花束。

你心上的禮物始終存在。

你的禮物我可接受不予拒絕。

我控制住傷口，對返鄉者喊話！
看呀！我在這裡呀！你嫉妒吧……
這些是我至親情人的禮物……
如果有火碰到我額頭，
我想像熱吻如火燒。
失眠有好處……
我可以觀看妳的天空直到星星下沉。
你的崇高則會碰到靠近我頭部的窗口。
夜晚美景，我聽到貓頭鷹啼叫。
有遠來的汽車喇叭響……
病人嘆息聲來自鄰床。
應然卻不必然，是女性聲音……
她對嬰兒敘說祖父的故事……
無盡長夜的森林是雲。
明顯遮住天空的外出服。
直接鋪在月亮的路上……
如果約伯喊叫，他的訴求可能是：

讚美神！你控制命運。
不再有你寫的復原日期。

母親和失去的孩子
The Mother and The Lost Child

夜裡請不要下去……
白天過後死人結夥而來。
誰會把不在的人送回家？
如果黑暗籠罩，沒有大樂趣。
長久等待後意向變屈服。
恐怖夜景嚇壞兒童們。
直到他們肝膽俱裂……
閃爍流星投下影子……
反對任何形象遮蔽受庇護者。
在我面前累積一次……
耳語和回音落下。
你的明亮光線振奮我……
像混亂迷宮網路被愛緊縮。
直接進入我女兒的心。
經由我痛苦的傷口和嘆息，
把最大願望送給我可愛的孩子。
許多往日歲月已成過去，翻轉千月。
心仍然計算陣陣微風

計算星星一個接一個

計算學者的手袋號碼

同情心會叫喊，只要一看到，

孩子們從學校和農場回來。

啊，你是我心上的明燈，

你是我受苦時期的安慰。

我給你喝水，即使我自己口渴。

我能給你什麼？

我的肉能給你吃嗎？

如果我不能，會感到可悲……

唉！親愛的母親，我感覺到妳受苦

啊！妳需要水……

親愛的母親……親愛的母親……

請深飲我的新鮮血液當水喝

請回來，他們都回來了

他們彷彿是被怪物的手綁架的陸上船隻

我心神不定的母親並不那麼迷惑……

與離開的不知名的女人相比……

包頭巾的女人到未知的地方旅行⋯⋯
在不確定的山頂，我又哭又笑
看不出這兇猛野獸是睡是醒。
我爐子上最後一把火熄滅後，
夜強迫眼睛睡覺時
說書人會設法講故事⋯⋯
啊！辛巴德，讓我們來說你的故事⋯⋯
說書人的聲音漸弱漸消。
我的血渴望見妳⋯⋯
激烈悲傷嚴重擠壓我
過去十年好像十個黑暗時代
我等待無數年過去了。
我喊叫卻無人應答。
只有穿過森林而來的微風回應。
撕破我的高聲喊叫飄蕩回來⋯⋯
我漫無目的，似乎無路可通。
甚至夜晚呼吸加長⋯⋯
由葡萄藤可聞到氣味。

妳看起來像是在夜裡吸收的光……
妳似露水滴在我的臉上……
一滴一滴入土消失
由於我無可救藥的毛病，我想要問……
夜裡所有陰影和鬼魂
問每個天生的生物……
你看到我的女兒嗎？
你聽到她的腳步聲嗎？
當我穿過人群……
我減少她在我眼裡的圖像……
她的眼瞼像是陽光在呢喃……
來到溪邊消耗黑暗……
我看到你分配在更好的人民身上……
似乎只有你沒分配到太多……
如今你正當春天的年紀……
果汁的固體搾物
滲透入你的靜脈內

佔領你的胸懷和你的嘴……
在你周圍灑香水……

布倫德 · 海達里
Buland al-Haydari

　　布倫德 · 海達里（Buland al-Haydari, 1926-
1996），出生於伊拉克北方，孩童時即遷居巴格達。
開始寫詩時使用庫德文，後來才轉用阿拉伯文。因涉
及左翼政治活動，1963年受縲絏之災，被判死刑，因
詩人名望逃過一劫。然後，移居黎巴嫩，直到1976年
才回巴格達。海珊當權時，他又離開伊拉克，住到倫
敦，共同創辦伊拉克民主聯盟。出版過12本詩集，加
上三個版本的詩集成，英譯本獲選入多種詩選。

禱告
Invocation

有兩個受損的動脈

一個在心

另一個在我的腿

我的生命已剩無可剩

神啊，解開我的枷鎖吧

免除我靈魂深處腐爛的夜晚

免除依然隨我逃跑的步伐

免除一次又一次流亡

外地或無處可去

我的主啊

宇宙之主啊

救我脫離夢想吧

有一天回到我的伊拉克

因為我國已剩無可剩

和我一樣，一無所有

除了那些像烏鴉的黑色字體

或泛黃紙頁

橡皮圖章的時代
Age of the Rubber Seals

啊，我們的時代
（橡皮圖章的時代，
鞭打我們肌膚的時代，
無罪扣鏈條的時代）
　還給我們老眼
陰森的黑門
為夜和疾風而開。
　還給我們
在黑夜裡因搖曳燭光
而晃動的影子。
　還給我們
嚴冬裡赤裸的孩童；
他們的小手渴望撕下天空。
啊，我們的年代
（橡皮圖章的時代，
無罪扣鏈條的時代，
鞭打的時代）
　還給我們老眼

讓我們看見失敗中漸顯的勝利。
　　為我們
用荒野中蝗蟲的腳
用乾燥的仙人掌
用我們死亡兒子的肢體
立刑架，以憤怒
控訴我們，這會給我們
繼續一首偉大歌曲

我們討厭你的臉蒙著橡皮
　　植入
　　土地裡
　　　犯罪裡。

你病弱的心變成介於暗與光之間……
如果只有一件事可以人格化，
或許是死亡和狂喜禮物。

這個不祥的世界，苦酒滿杯……
飢餓和疾病都會顯著出現。

馬莫德・布雷侃
Mahmoud al-Braikan

馬莫德・布雷侃（Mahmoud al-Braikan, 1931-2002），出生於伊拉克南方祖拜爾（al-Zubair），1940年代在巴格達大學念法律，1953-1959年在科威特教書，再回到巴格達，1964年完成學業。在巴士拉市師範學院教阿拉伯語言和文學，直到1990年代退休為止。2002年2月28日在巴士拉家裡遇害，顯然是竊盜所為。

地下河
The Underground River

神祕之河
在地下靜靜流動
在暗中流動
不出聲音
沒有形狀
在焦熱沙漠底下流動
在田地和果園下方
在村莊和城市底下
奔跑不停
奔向未知的出口
穿過洞穴、湖泊、水庫
耐心雕鑿地層
與大地脈搏合拍
神祕地下河
沒有名字
不留痕跡
在任何地圖上
在任何導覽書裡

地下河
永久流動
流動不停

廢城
Deserted City

我有一次旅行
進入靜悄悄的城市
毫無生命跡象
門都關閉
風在廣場席捲
但窗口燈光
整夜亮著。
是誰開著燈？
我看到公園內
花謝啦
孩子的秋千壞啦⋯⋯
我敲門，
叫喊。人們會不會
都死啦？或者離開啦？
或是施什麼法術
隱身不見啦？
我突然看見
一位婦女影子

在大理石牆腳緩緩移動
從睡眠中掙扎醒來，
我喊她：「夏娃，妳不知道
我是誰嗎？——亞當呀！」
但她聽不懂
我說的話。

聲音
The Voice

無可比擬的聲音

遠從曠野傳來

這聲音像是

垂死的神在呼喚

在發出詛咒

像受傷野獸在呻吟

像風在呼嘯

來自異界的風。

聲音在夜裡

椎心刺骨。

起初

無人聽到。

然後習慣了

那聲音劃過城市的閃爍燈光。

沒有人會

再注意

沒有人質疑

其存在。

只有你，詩人
整夜不眠
等待那聲音
籠罩在神祕裡
而為何
不能推想
災難當可預料，
禍害會
突襲？

穆札法爾 · 納瓦布
Muzaffar Al-Nawab

　　穆札法爾 · 納瓦布（Muzaffar Al-Nawab, b.
1934），出生於巴格達。巴格達大學畢業後，參加共
產黨，被哈希姆政府迫害。1958年伊拉克革命推翻王
室後，擔任教育部督學。1963年在民族主義和共產主
義競爭激烈中，被放逐流亡國外。歸國之前，被伊朗
祕密警察逮捕刑求，因一首詩被判死刑，後改無期徒
刑，挖地道逃獄成功。由於其強悍的革命詩篇，和嚴
厲譴責阿拉伯獨裁者，不得不在敘利亞、埃及、黎巴
嫩、厄立特里亞等諸國輾轉過流亡生活，淪為無國籍
人士，只能靠利比亞旅行證件活動。1996年由倫敦Dar
Qanbar出版阿拉伯語作品全集。

酒館
Tavern

酒館
沒那麼遠
有什麼好處？
你像一塊海綿
在酒館裡吸飲
卻從未醉過

這夜生活留下什麼
在酒鬼的酒杯裡
使你黯然神傷
為何他們會留下？
他們是情人嗎？
像高峰會上那些同性戀者嗎？
這個爛世界裡
連一個妓女都沒有嗎？
你有去過吧
會把她的情慾藏在你的虛構夾克裡
在她冷冷的肺腑裡溫暖細語：

是寒冷正在害死你嗎？
更加害死我的有部分是溫暖，
有部分是情境本身！
小姐，我們也是妓女，正如妳
忍痛與我們姦淫
假宗教、假思想、假麵包和詩
甚至血的顏色
也是假造，在葬禮時造成灰色
所有人民都贊成
統治者也不是獨眼龍！
小姐，祕密警察到處插手
人怎麼會感到光榮？
愈來還會愈糟
我們被丟進果汁機裡
會把油都搾出來

這給妳，給妳，小姐！
除了這付臭皮囊妳沒什麼髒

有些人卻賣光光
他辯護一切世界肇因
但避開自己的動機
我會佯醉不理他
然後妳不理他
我們兩人都佯醉！

酒館擠滿
妳不認識的一代
妳不認識的國度
妳不認識的語言、笑聲和事物
酒除外
開飲後就盯住你
暖和你冷冰冰的腿
你搞不清楚很早在哪裡遇到過
你的頭腦在雙手間胡言亂語：
有點痛苦像寂靜時的嗡鳴
寂靜本身參加你一起胡言亂語

你瞪著全部生命酒瓶

全部空空如也

服務生已多次關燈

要你離去

啊，你多麼愛酒、阿拉伯和世界

在百香果和石榴間結算平衡

喝完這一杯我就離開你迷人的酒館

先生不要生氣

情人被迷住囉

倒滿

直到溢出濺到棕色木板上

你怎麼會知道

為什麼這塊板是要放酒

那一塊是要做棺材

另一塊是廣告牌？

閣下倒滿到平視線

在我醉茫茫之前不會離開你的大酒館

這世界最微小的事物使我迷醉

所以設想一說到人

主啊

我已經接受一切

屈辱除外

把我的心囚禁在蘇丹宮廷內

我滿足於在世界上的命運

正像鳥一樣

但

主啊

連鳥都有家

可歸

但是我還在飛

越過家鄉

繞行四海

囚犯彼此欺壓

獄吏相互排擠

薩迪・約塞夫
Saadi Yousef

　　薩迪・約塞夫（Saadi Yousef, b. 1934），出生於巴士拉市附近，作家、詩人、報人、出版家、政治運動家，出版過30冊詩集，7冊散文集。在巴格達讀阿拉伯文學，受到沙帖亞・塔嘎（Shathel Taqa）和阿卜杜・瓦哈布・貝雅逖（Abdul Wahab al-Bayati）散文詩影響，早年涉身政治，此時期作品受到社會主義及泛阿拉伯傾向的重大影響。翻譯過許多著名詩人作品，包括窩闊台・黎法特（Oktay Rifat）、梅里・傑夫代特・安德（Melih Cevdet Anday）、洛爾卡、黎佐斯、惠特曼和卡瓦菲等。離開伊拉克後，旅居過阿爾及利亞、黎巴嫩、法國、希臘、塞普勒斯，目前住在倫敦。

鳥最後飛行
The Bird's Last Flight

當我進到地球巢內
滿足
又高興,
我的翅膀歇息,
我可放鬆眼皮不需去看
群樹搖晃愈來愈近。
不要對我哭泣。
我說過別哭泣。

如果你願意,就記住我的翅膀
是水
而無水不起浪
無浪就沒有沖垮的海岸。
我在此歇息
滿足
又高興
到達最後海岸。

別哭。
即使我聽不到我的呼吸聲……

阿拉伯河*¹
Shatt Al-Arab

夢1

悲痛夜裡
河水濕透枕頭
以綠色步伐
有苔蘚味湧來
以茉莉嫩枝
碰觸我的右掌：
醒來……
我是河流……
你不愛我嗎？
你不想到枕頭翅膀
上的巴士拉*²？
河流，
我醒啦，醒啦。
「在我枕頭上一滴
味道像苔蘚……」
巴士拉到啦。

*¹ 阿拉伯河在伊拉克東南部，長約193公里，由底格里斯河與幼發拉底河匯流而成，注入波斯灣，有部分與伊朗相鄰，常引起兩國爭端。

*² 巴士拉（Basra）在阿拉伯河西岸，是伊拉克南部重鎮，全國第一大港及第二大城市。

夢2

天空遮蔽我。

低空遮蔽我和麻雀，

祖父牽我的手，

他的臉被紅色阿拉伯頭巾遮住。

遠方水域閃耀

祖父牽我的手：

我們走快點免得鳥飛走。

我們走快點免得漲潮搶走魚網……

草地上，魚從我們的網掉出來。

河上出霧像綠色船隻，

像紅色船隻，

像藍色船隻
在漲潮前航行。

夢3

黎明滾落到阿拉伯村民家支柱上。
海棗戴著紫色羽毛
我髮內有星星、溫暖和雨水。
我正向對岸游過去，
游到了阿瓦士*¹。
而黎明滾落到阿瓦士
海棗戴著紫色羽毛
凱倫湖水味正像巴士拉的水。

> *¹ 阿瓦士（Ahwaz）是伊朗胡齊斯坦省
> （Khuzestan）首府，在卡倫河（Karun）
> 畔，為阿拉伯社區。

寒顫
A Shiver

我們停過五個車站沒留下紀念品。

我們在那裡沒有寒顫、喝醉，或亂彈吉他。

五條河的沙子在吉他上。

五個十字架由沉默製成：

妳傷心；

我擦掉妳睫毛上破碎世界的塵土。

妳天真：

在我們沙漠地妳還希望出航。

妳累啦；

妳的頭髮在清醒和下雨之間散布遮蔽。

妳孤孤單單

似乎我們從沒寒顫或喝醉

或彈過吉他。

焦渴在妳唇上，旅程在妳眼中，

妳是黑暗中的幼苗

在黑暗中開花。

我觸摸妳的葉子時試試我的聲音。

五站沒有紀念品喔……

五條河在吉他裡喔⋯⋯
五個十字架由沉默製成喔⋯⋯
別讓我今夜釘在牆上處死。

法德希爾・阿蘇瓦伊
Fadhil al-Azzawi

　　法德希爾・阿蘇瓦伊（Fadhil al-Azzawi, b. 1940），出生於伊拉克北方的吉爾庫克（Kirkuk），巴格達大學英文系畢業，留學德國萊比錫大學，獲文化新聞學博士。在伊拉克國內外編過許多雜誌，創辦《69詩刊》，出版四期，被查禁，

　　復興黨獨裁政權時入獄三年。自上世紀60年代起，在主要阿拉伯文學雜誌發表詩與評論，1977年離開伊拉克，1983年後住在柏林當自由作家。出版過八本阿拉伯文詩集和一本德文詩集、五本小說、一本短篇小說集、兩本評論，以及許多從英文和德文翻譯的書。詩被譯成英文、德文、法文、瑞典文、西班牙文、挪威文、匈牙利文、土耳其文、希伯來文、波斯文。

在我空閒時間
In My Spare Time

在長久無聊的空閒時間裡
我坐著玩地球。
我建立一些沒有警察或政黨的國家
廢除不再吸引消費者的其他國家。
我給洶湧河流奔過荒蕪沙漠
我創造大陸和海洋
為拯救未來以防萬一。
我畫一幅新民族彩色地圖：
把德國轉動到滿是鯨魚的太平洋
讓可憐的難民
在霧中駛海盜船
到達德國海岸
夢想許諾的巴伐利亞花園。
我把英國換到阿富汗
讓年輕人可自由抽大麻
蒙女王陛下政府許可。
我從埋地雷的圍牆邊界走私科威特
到月蝕的

科摩羅群島
當然保持油田完整。
同時我大聲敲鼓
把巴格達運送
到大溪地島。
我讓沙烏地阿拉伯蹲在永恆沙漠中
以保存純種駱駝的純度。
然後我放棄美國
還給印度安人
正是給歷史
長期缺乏的正義。

我知道要改變世界不容易
但還是有必要。

謝科・貝卡斯
Sherko Bekas

　　謝科・貝卡斯（Sherko Bekas, 1940-2013），出生於伊拉克庫德斯坦，詩人法雅克（Fayaq Bekas）之子。17歲即出版第一本詩集。1965年參加庫德族解放運動，在運動組織的電台「庫德之聲」工作。1986年受到伊拉克政權的政治壓力，離開故國。1987年流亡居留瑞典，1992年回到伊拉克庫德斯坦，2013年因癌症逝於瑞典斯德哥爾摩。

世界寶藏
In the treasure of this world

從國王裝飾珍珠的褲子
到蘇丹黃金織成的服裝
皇后鑲翡翠的宮廷鞋
無一不是愛的象徵
卻未進入民心的博物館內
不像切格瓦拉的鴨舌帽
曼德拉的樸素服裝
甘地的鞋子。

雕像
Statue

這日子就將來到
那時世界上所有燈
都會反叛
拒絕再照亮，
因為自從燈存在以來
眼睛一直閃耀
在全世界
成千上萬的雕像頭上，
而非
為愛迪生矗立的
一個雕像。

暴風潮汐
Storm Tide

潮汐對漁夫說：
我的波浪在咆哮
有很多理由。
最重要的是
我為了魚的自由
而反對
漁網。

我們有數百萬眾
We Were Millions

我們是老樹
新茁長的植物
和種籽。
他們從安卡拉頭盔
黎明時來到
把我們連根拔起
帶我們
遠走他方。
路上
許多老樹垂頭
許多新植物受寒枯死
許多種籽踩在腳下
被遺棄忘掉
我們像夏季河流乾涸
我們像鳥群減少
秋天要來時
我們減少到僅剩數千
我們有種籽

藉風帶回

又到達乾旱山脈

藏在岩縫裡

第一場雨

第二場雨

第三場雨

逐漸茁長壯大

如今我們再度成林

我們有數百萬眾

我們是種籽

植物

和老樹

舊頭盔完蛋了！

現在你的新頭盔

為什麼放在矛頭上

抵在你顎下？

你能把我們幹掉嗎？

但我知道

你也知道
只要有種籽在
有風有雨
森林永遠不會毀滅？
雲說
儘管去年被雨親過
仍然乾燥的草地
今年會變綠。
花園說
去年我髮上未簪的
那朵美麗花卉
今年會用來打扮。
微風說
去年我沒有共舞的
那棵美麗大樹
今年會要求舞蹈。
山頂說
我去年戴的

新年帽
看來比今年帽小得多。
湖泊說
去年同遊的
小溪
我今年要求拉他們的手。
鳥說
我去年沒有飛過的
地平線
是今年旅行目的地。
小女孩說
我去年還不懂的
黑眼睛字母
今年要當做手鐲套在手上。
馬說
去年把我吹回來的
旋風
我今年要突破。

桌子上的燭台說
我十二個手指上的蠟燭
今年要放射比去年
更多希望光芒。
螞蟻說
我沒有設法儲存在
螞蟻窩裡的麥粒
今年會處理。
我最後說
這首詩像鹿般膽怯
去年還未馴服
或者還不通曉我的眼神
今年我會加以馴服
放進我詩書的明亮頂樓
抱在我懷裡睡。

伊薩・哈山・雅希理
Issa Hassan Al-Yasiri

　　伊薩・哈山・雅希理（Issa Hassan Al-Yasiri, b. 1942），出版八本阿拉伯文詩集《通往歡樂城》、《南方天空》、《我的王國女性》、《牧場之冬》、《小木屋的寂靜》、《我從遠地呼叫你》等，和一本小說《在穆赫辛娜村莊的日子》。榮獲2002年荷蘭鹿特丹世界詩歌節世界自由文字獎。詩被譯成荷蘭文、西班牙文、瑞典文、法文和英文。現住在加拿大蒙特利爾市。

今夜，我們用玫瑰叫醒你
Tonight, We Wake You With Roses

今夜，我們點一盞燈。來找你，
一個接一個，圍繞你的枕頭……觀看，
飛越你闔眼的鴨群，
快速飛離逃亡。
什麼樣的昏睡，
在你的眼睛上方中斷。
清澈如泉水。
平靜如泉水。
自由流動如泉水。
這會是什麼樣的昏睡，
鴨群到達，
又飛走。
而你的帆船不離開嗎？
我們聚集在你身邊。
不止一條河還在探路，
在嘴唇間，對我們如是說。
誰告訴你鄉村月亮會死？

心會死嗎？
告訴你海洋濫用海鷗的
可愛孩子會死嗎？
海岸不會擁抱每個碎浪
也不把貝殼給孩子嗎？
沒有人告訴你。

地球是你在雨中的溫暖外套，
草地是你睡覺的地方。
你心愛的女人頭髮，是你睡覺的枕頭。
你是時間……水。
王國。
所以你怎麼會死？

睡蓮
The Water Lilies

給每朵花，有自己的悲傷。
給每隻鳥，有選擇的歌曲。
我有我陰鬱的夢想，
當火盆的火將熄，
陣風吹拂過我的村莊。

他對我說……
密切注視擁擠的街道。
他的表情憂愁。
遷徙的季節總是苦。
我哭時，
他遞酒給我。

分手後，我們仍然夢想歡樂地，
我們的夢想朝村莊漂移，
隱藏在棕櫚樹陰影中。
也朝向遙遠海岸。

坐在旋轉酒吧風扇下面。
我向缺席的朋友和空椅子敬酒。

我向遙遠的女人敬酒。
睡蓮呀，夢想隨著水流漂移，
我們依舊永遠擱淺在河岸。

愛的時刻
A Moment of Love

她說，
把眼睛藏在我胸膛，
今夜沒有閃亮的星星
溫暖我，黑暗森寒
驚嚇我
恐懼甚至從我的袖子
襲我，也許我忘記你
也忘記我的名字
我說，
在觀看將熄的燈時，
別因黑暗而苦惱
在房內已待久
而愛人已經離去
看！你的眼睛正告訴我
黎明就在門後。

薩爾貢 · 博魯斯
Sargon Boulus

　　薩爾貢·博魯斯（Sargon Boulus, 1944-2007），
是伊拉克-亞述詩人、短篇小說家。出生於哈巴尼亞
（Habbaniyah），1967年移民貝魯特，擔任記者和翻
譯工作，翌年移民美國，住在舊金山，在加州大學
柏克萊分校念比較文學，並在斯凱蘭學院（Skyline
College）學雕塑。身為前衛和澈底現代作家，在主要
阿拉伯文雜誌發表詩，翻譯梅溫（W. S. Merwin）、金
斯伯格（Allen Ginsberg）、史奈德（Gary Snyder）、
麥克魯爾（Michael McClure）等人詩作。出生於哈
巴尼亞由英國建造的七哩飛地（被外國領土包圍的地
區）之亞述人家，為自足式文化村落，有自備電廠。
哈巴尼亞在1935至1960年是英國皇家空軍基地，大部
分亞述人被英軍雇用，薩爾貢家也是，所以從小能操
流利英語，成為他接觸西方文學最佳利器。

房屋夢
The Dream of Houses

某處有一條街
整排房屋
被潔白記憶洗刷
屋頂櫛比鱗次
我在裡面跑來跑去
像夜裡狂風
我講的話是流行階梯
聲音微弱到任誰都聽不見

伊蘭娜在那裡用斷手
為我編織睡眠罩霧
今夜我是無人可差使的主人
我始終在夢中找房子
我開門
所有家具遠遠瞪著我
超過記憶所及距離
名字都忘啦
小溪從童年就不斷

流入水溝
那位老婦娜娜
把黃趾甲的腳趾在水裡攪晃
我們來引導她跨越河流
回去她的破舊小屋
我們帶她慢慢走到附近盡頭
她的舊衫在風中飄呀飄

法吉・卡里姆
Fawzi Karim

　　法吉・卡里姆（Fawzi Karim, b. 1945），畢業於巴格達大學，從事自由寫作。1969-1972住黎巴嫩，1978年移居倫敦。在多種重要阿拉伯語報紙，開闢《象牙塔》專欄，評論詩和歐洲古典音樂，以其強調藝術和文化的超越價值著稱。

　　出版20餘本詩集，包括二卷詩選集（2000年）、《棄嬰年代》（2003年）、《最後的吉普賽》（2005年）、《阿貝爾阿拉之夜》（2008年）、《荒蕪地帶》（2014年）和《詩何所是，口誤而已矣》（2016年），又出版16本散文集，包括《皇帝新衣：論詩》（2000年）、《惡夢終結日記》（2005年）、《神侶論音樂》（2009年）、《音樂與詩》（2014年）、《音樂與畫》（2014年），以及短篇小說集《仙人掌牧場》（2015年）和小說《誰怕銅城？》（2016年）。詩被譯成法文、瑞典文、義大利文和英文。

黑暗中的讀者
A Reader in Darkness

睡覺前你堅持關燈
在黑暗中，摸索檢查，門鎖啦
你就拉下百葉窗
像貓躍上樓梯
溜到床上
做夢——

在黑暗中再度打開書
你在書桌上閱讀：
另外手指翻頁；
另外眼睛閉目養神
在領略不到言外之意時……

在梔子吧門口
At The Gardenia's Entrance

在梔子吧上門的門口，
一位看似退休模樣的中年男子
　　在等。
我也是中年男子，剛從流亡回國。
我離他幾呎蹲下來，
不多費時間，我就問：
　　「你知道什麼時候開門嗎？」
「梔子吧是我在戰前休閒的場所。
我習慣在自己的角落位置
　　周圍有朋友。
戰後，歇業了，被遺忘了。
我來這裡已經好長一段時間囉
　　每天等著開門。」

他伸手，遞過來一支捲菸，
我伸手去接
煙擴散，模糊掉兩位男人

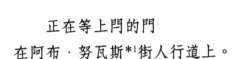

正在等上門的門

在阿布・努瓦斯*1街人行道上。

信
Letters

為什麼只有我每個月在寫信？
我試圖回應妳的沉默，
假裝妳的沉默更有說服力
勝過我的話。
每個月我給妳的名字
加上所有我愛妳特質的話：
仰慕的小姐，親愛的茉莉花，環繞花園
直到我的窗玻璃因呵氣凝聚水珠。

仰慕的小姐在歎息？
是夜晚，風在寒夜呼吸。
我就這樣寫完
信。
　　三十天後我再試圖回應妳的沉默，
假裝妳的沉默更有說服力
勝過我的
話。

一方面，我不斷寄出的信；
另方面，妳的沉默，
在這中間
地球和太陽照常運轉。
全部歷史紀錄在這兩個名字內，
一個寫不停另一個無聲無息
就在帝國興衰時際。

最後的吉普賽
The Last Gypsies

灰濛濛侵入我們頭髮
　風不再編結我的辮子。
　　馬已變胖而死亡成為聖地。
　　每當風從山上往下掃過我們，
　　　我們不是像空心骨頭吱吱叫嗎？

狼不敢看我們夜裡的臉，
　太陽也不敢進入我們的井。
　　然而，你看，會發現我們有更多人。
你，避免接近，
　我們建議你搖搖擺擺。
　　雖然你在我們城市看到廢墟和骨骸，
　　　我們不是昔日某些流行病患者
　　　　也不是敗戰的砲灰。

不，我們就是你的鏡子。
我們跋涉遠方不追求線索，
　不固執埋在廢墟裡的光榮。

法吉・卡里姆　113

而我們仍然抱持寄託你的希望
用嘴可贏得我們多年需求
血則渴望西方。
　　這就是我們望著水平面
追隨太陽行程直到西下的緣故。
這是家，足不出戶的人呀：
　身體永遠在過境，重負眼淚的滋味。

青蛙
Frogs

在雨中躍出，
充分偽裝：
藍色然後綠色

水濺，坑張開
像降落傘
在周圍；

爆破然後折疊，
時時被閃電
照亮。

我，在雨中出門
在收破爛的廢物裡，
尋找文字

妨礙人生
正如青蛙呱呱叫
淹沒沙沙雨聲。

薩拉赫 · 法伊克
Salah Faik

薩拉赫 · 法伊克（Salah Faik, b. 1945），在伊拉克國內當記者，出國後仍然從事新聞事業，旅居倫敦和菲律賓。出版過六本阿拉伯語詩集，近著《熊在葬禮》剛由Dar al-Jamal（貝魯特／巴格達）出版。

謀害我國十週年
On the Tenth Anniversary of Murdering my Country

我國沒辦葬禮就消失掉了

因為隔絕棕櫚樹之美

避免了沼澤

以為山是祕密

他們動用了巨艦

掠奪第一個王國的銘牌

如今布滿蜘蛛

其流泉、水果和書籍

散布在鹽丘之間

無題
Untitled

痛苦了幾個月後

我去照胸部X光片

影像嚇我一跳：

摩洛哥舞蹈

我童年時的一位猶太人

在巷弄賣布

卓別林和我父親坐在客廳

父親把乾淨第納爾幣藏在這裡

孩子們正在看鄉下人在市場裡哭

我正在機場外等候

儘管下班了

還有動物，有些是野生，分散在影像裡

我坐在當中讀短篇小說

熊在葬禮（摘）
From "Bears at a Funeral"

今後，我也會帶
一個小椅子去

*

他活在這些書頁裡
受到一首詩的地震衝擊
搶劫博物館的蒙面人出現了
農民爭水井
詩人在樹蔭下吃詩
有岩石和水
在詩裡

*

應該強迫先知在直線
軌跡上走路或跳舞
我會在那裡坐在

小椅子上
觀看

*

接我最後客人的時間到啦；
我
我此刻正在機場等他
自從「有翼公牛飛行」起

夜在夜裡來到我房間
我把詩放在它前面
在周圍放煙霧
重新在地雷區配置
移民場景

*

當遙遠節日的回聲
從燒燬的土地傳到我
我用老人拳頭壓著桌面
我把要說的話吞下
問候在早晨車站
等車的人

*

從到處已不見的
房子
我走向無處去
我現在日光浴
在絕望漁夫放棄的
船隻之間

*

在美麗的鄉村
有廢棄的舊火車
盲人在周圍唱歌
用手掌敲門
敲到血紅

逃離城市的河流（摘）
From "A River Escaping a City"

我嘴裡一半的詩
長時間把我累壞啦
我走在為陣亡軍人
遊行的行列裡
因為我愛音樂

*

現在吉爾庫克*¹是春天
水仙花來田園做客的日子
我始終在那裡旅行
未到達過

*

終於果陀*²到了
我在報攤遇到他

一隻無聲夜鶯

正瞪著他看

*1 吉爾庫克（Kirkuk）是伊拉克北部大城
市，附近石油儲量豐富。大部分居民是庫
德族人。

*2 果陀是貝克特劇作《等待果陀》（En
attendant Godot）中的主角。

阿卜度卡拉姆・卡西德
Abdulkareem Kasid

　　阿卜度卡拉姆・卡西德（Abdulkareem Kasid, b. 1946），出生於巴士拉（Basra），1978年離開伊拉克，逃往科威特，再轉往葉門，定居在亞丁，擔任《新葉門文化》雜誌編輯，正巧住在靠近法國詩人韓波住過的房子，因為他曾經把韓波詩譯成阿拉伯文，也譯過裴外、佩斯、黎佐斯等人作品。大馬士革大學哲學系畢業，為阿拉伯世界著名詩人、散文作家和翻譯家，詩被選入多種英譯選集，目前定居倫敦，時常回伊拉克，並到北非和中東各處旅行。

磚造咖啡店
The Brick Café

在曬乾磚塊砌造的咖啡店旁
有貝都因人和計程車站。
擠在羊群中的
木造巴士內一位小孩
在窗口探頭看
然後不見了。
紅頭巾,
油污破衣裳,
汽油味,
士兵在聽收音機
內心空空——
從前線回來
他們像牛……
在貝都因人歇息的磚造咖啡店
有一部卡車,從前線回來,
帶著他們的屍體。
孩子說,我經過這裡
在奇異的星空下

通過突擊後正在悶燒的廢墟。
夜裡誰會來？
麵包成灰。
哀哉，伊拉克饑荒。
屍體不能通過磚造咖啡店。
被村民攔截下來。
沒有一位認識。
他們赤足裸身而來，
離開時不留痕跡，
只有茅屋內
狗在吠。
在對岸
他們在河裡清洗
一遍又一遍。
血依然紅。
他們從河邊回來
像是被火嚇壞的野人，
跋涉過沙漠

像鬣狗在夜間回來。
星星在何處失去我，
丟掉孩子，
在鬼鎮和轟炸中蹣跚？
夜裡過客是誰？
這顆星有點奇怪。
女性罩袍擠成一堆。
在咖啡店有貝都因人，
和密閉式吉普車經過，
擠在羊群中的
木造巴士內一位小孩，
在窗口探頭看
就走了。

巴比倫的獅子
Lion of Babylon

巴比倫的獅子坐在
離河邊一兩碼遠。
沒有板凳
沒有孩子
沒有花園，附近
到處也沒有塔。
人們走過時
都沒注意到牠
牠遺憾地搖搖頭，
重複同樣的話。
沒人聽到怎麼回事，
或者聽到，也不在意：
「我是巴比倫的獅子，
巴比倫的獅子，
我是獅子……
巴比倫的，
獅子……」

火車
Trains

老車站
陰暗荒涼
火車呼嘯而過

*

父親修築過的軌道
我像火車行過
這小孩

*

咖啡店關門啦
四點半天亮
長長的火車長長的行列

*

車廂回程
不再有我的份
沿路已客滿

*

在此偏遠車站
誰是鬼魂
我還是火車？

*

聲音
唇動無臉
下一站我要下車

*

火車來來往往
雪封的門
在等我

*

火車窗玻璃上
我憂愁的反光
回瞪過來

*

電車軌道，
街道在顫抖
窗戶和人搖晃

*

軌道被
永遠停止的火車
隱藏起來

*

駛往郊區的火車上
他在這裡，下車
像情報人員

歲月
The Years

那棵樹，全然獨自站立
標記我的生日——
盯著我，微笑。

…

我穿舊衣服
結黑領帶
坐下來，靠近我的歲月
他們伸出脖子時
屈身低低。

…

我自言自語，心靈呀
至少我應為你辦一次舞會。
他說，要確定舞會上沒有鬼喔。

...

我對長期缺席後
回來找我的影子說
「請坐」。
他乖乖坐下來
不說話。

...

我進入森林──
以前從來沒見過。
接著我進入房屋。
沒人在
我想再去那裡時
森林不見了，
房屋也是。

...

我遠遠看到火車
在軌道疾駛
但仍然原地不動。
我上車
就下車走啦。

...

生命歲月過得很慢。
我丟下不管
睡覺去也。

...

歲月呀。多少次啦
我站在你面前像乞丐。

笑聲
Laughter

我站在斜坡上，
變成人。
會咯咯出聲。
我是笑聲。

我用一條腿，
走路
用單一羽毛，
飛翔

我用一根手指
掀海作浪
鋪展開
睡覺

我的王國
龐大馬戲團——

有人
天空和星星。

我用一片棕櫚葉
驅走悲傷
到我筆端，
吸她傷心乳房。

我是鳥
永遠
在空中。
無處棲息。

我用棍子
從海上挑起蓋子
藏在
裸體仙女身後。

笑呀，主人——
床，沾泥啦。
笑呀，奴隸——
主人，沾泥啦。
笑呀，情婦——
他們兩人
都沾泥啦。

小巷知道我
一如庭院。
我就是我那樣子，
我搞笑而來
敲鼓宣告。

我的袍比王國寬。
我的王國比下襬窄。
我的木馬貫穿而過。
我是笑聲。

我是長笛（空空）。
我是胃（空空）。
辦盛宴餓肚子，
我安排婚禮

我進入的房子
有翅膀。
有誰看到一隻蒼蠅？

每次葬禮，我站開
旁觀
要確定走過去的人
記得我

酷刑吏——我嚇唬他。
兇手——我靜定使他驚恐，
折彎棍子，
從我帽緣睨視

老人帶我。
我帶小孩
我們用單翼
飛翔。

我哭時，
樹枝掉下
鳥翼。
只有鬼注意到。

為什麼鬼在我面前悲泣？
我害怕
但笑聲使我分心不害怕

哈哈哈
我就是笑聲。

法魯克・薩隆姆
Farouq Salloum

　　法魯克・薩隆姆（Farouq Salloum, b. 1948），在巴格達大學唸文學，為七十年代傑出詩人。出版過8本詩集，22本童書。在綜合媒體發表作品。現住瑞典。

歌頌星期天
Hymn for Sunday

這一天好像皺紋紙
用露水寫……在東方蒼白的歌曲背後。

這一天綜合一切禁慾
和異常要求……昏昏睡懶覺。

星期天我嘗試打破時間，
房間窗口比北方太陽還要寬
而「星期天」，人人期待今天
無法以歐洲豪華
帶來孩童笑容
或給維京族一個破曉
即使在他們千年前留下的
石墓群附近。

星期天我可列舉許多事，
如斯堪的納維亞隔離
圍牆，野生蒲公英，

丟棄的舊鏈條，
鄰家狗，失敗獵人的魚鉤，
可憐的古典音樂節目單，
腳踏車輪，因冷消風，
那是無言擺佈的一天。

教堂牆壁
與奇石為界
照常冗長如牧師埃里克*1演講
自維京族從發現君士坦丁堡回來
就在庭院周邊花壇打轉
那裡有名人墓和花卉。

星期天黃色花圃，
我稱為「甜蜜花圃」，
在光線漸褪的邊界外
消失在迴廊周圍。
我確實表示同情

儘管那是黃色的荒蕪季節。
來自時間深淵的星期天
呼喚雨水花園
就像今日我們傷心傳記的謎語
就像映照在黑暗石頭上的月亮。

*1 埃里克指Eric Dalqvist。

賈巴爾・科瓦茲
Jabbar Al-Kouwaz

　　賈巴爾・科瓦茲（Jabbar Al-Kouwaz, b. 1948），
巴格達大學教育學院阿拉伯語系畢業，在阿爾及利
亞、伊拉克巴別爾省、利比亞等地教阿拉伯語文，為
伊拉克作家協會、伊拉克詩作家聯盟會員，2009年起
擔任巴別爾省文學聯盟主席。出版10本詩集，包括
《黎明的婦人》、《特殊風格的男人》、《伊拉克挑
情》、《心靈的鴿子》、《保衛影子》等，經常在當
地報章雜誌發表詩評和文章。參加各地舉辦的伊拉克
詩歌節，代表伊拉克出席利比亞、敘利亞和卡達等國
舉辦的阿拉伯世界詩歌節。

不答不問
No answers, No questions

整個事件是
她已經不在場
我當時……
正向我們熟悉的
一桌打招呼，
我記憶的路面消失了
杯子怎能變成木材？
細語僅僅是一滴淚。
我撫弄雲髮
不再遮蔽我。
每當河流在她眼中縈營，
妳是我步伐的烙印
藉此焚燒我們剩餘的悲傷
因我的徒勞而
無聊的路面
只不過是我在場時戰戰兢兢
而且行人不集結。
妳如何以妳的日蝕

磨練我的影子
同時保持妳壯麗？
我過去不明白
將來也未必。
整個事件是
妳不在場
我又因在場而困擾。
餐桌害相思。
雨水是他們的老酒
空氣裡仍有香味
向各角落招呼：
「嗤嗤嗤嗤！」
擦拭破紙上的什麼鬼畫
我是不在場卻在場
妳是在場卻不在場
脈絡二者為一
始終在圍困我們。

致明媚女人的節奏
Melodies to a Luminous Woman

當妳不在乎我的心
成為光的白內障，
我的記憶繪在妳的第一步裡，
像少男與妳同遊。
心悸佔領我
我暢流的血液讚美
妳的胸部。
女人呀
既公然進入我心裡
又祕密潛入！
我開啟全部動脈做為噴泉
繼續我的記憶
透過道路使我們心心相連。
我們把未來的夢想
寫在監獄牆上，
樹上
阿拉伯鄉鎮的壁上。

我們夢想黎明的瞬間，
妳變成我的心
條條道路引導向妳，
擁抱海浪
和海鳥。
我們該念黎明第一章嗎？
當我放下心走向妳，
妳來
變成我心中的根，
水氾濫
觸及我喉
所以，我感到妳的喉嚨在敲我心。

我注視妳
看到一個祖國發出聲音
為我唱歌，
教導海浪、群樹和日子
愛的禱告和心的悸動。

我注視妳時，就是注視我國家
為了通往妳的道路太長
又太短。
女人呀！
我像太陽從妳的傷口上升
我吻妳的傷口形成太陽。
還有什麼可使我們心心相連
除了妳的根
以及我的夢想？

查維基・阿卜德拉美雅
Chawki Abdelamir

　　查維基・阿卜德拉美雅（Chawki Abdelamir, b. 1949，本名Ahmed Chawki Al-Hamadani），1974年獲法國索朋大學阿拉伯文學碩士，1977年同校阿拉伯語言高級文憑。擔任過葉門亞丁的韓波館內韓波詩中心主任、伊拉克媒體網路西歐暨巴黎媒體部主任，現任阿爾沙巴公營伊拉克日報主編，2004年獲巴黎雅科布（Max Jacob）國際詩獎。出版阿拉伯文21種詩集、論文選、史詩和散文，包含《人煙城市》、《巴格達一天》（2007年）、《隱性觀察》（2013年）、《虛擬詩集》（2014年）和《詩全集》（2016年）；法文著作七種，包含《Ababyl》（1993年），《Tard dans la Blessure》（1995），《Lleux sans terre》（1997年），和《Lobellsque d'Anull》（2004年）等。

阿拉伊巴市場復活記
The Resurrection of Araiba Market
蘇拉市 *1

1

今早在阿拉伊巴市場
我確實忘了我的腳！
如果找到了，我的臉要掛在哪裡
在兩腳或果籃之間……

小鞋
繼續在追趕
糖果人

他們手牽手散步。
他們手指互夾在一起。
瞬間，
然後只有她發現
他的手指。

誰說：那是大屠殺！
我看到紅花束
從所謂心軸垂下來；
天空，
這位淑女以歌劇式崇敬
和悲劇性驚訝，
像一位偉大女演員
在傳奇即興劇場
追趕著飛行
人頭……。

2

張開眼睛脫離蒙昧
和眼窩深淵
看看
人民、形勢和墳墓如何正集結
在創作的壁孔間，

一直震動
天天……

細看這莊嚴藍色
罩覆著場所與存在。
藍，
不像海岸蒼藍
或項鍊的土耳其玉
或敬拜者的念珠。

不要幻想，
你所見並非紅色。
紅不再是顏色
會快速凝結，同時
搖晃週圍一切。
只有你看到紅色
因為你是透過所謂身體的
襤褸洞孔觀看……

集攏碎片，尤其是眼球
因為他們夢想的天國
受到眼鏡反光；特別是此刻。
碗，
無所作為
忍住飢餓。
而四肢，
對，這些飛行手腳
像鳥族，一體飛翔。
看他們靦腆準備握上帝的手
自我介紹……

而你們呢，
今夜不窩在床上
不會錯過所有字母、辭典和古書
刪掉你們在上面的姓名……

3

清道夫比我更有用
他們辛苦工作，收拾屍體
或給他們留下什麼，
我正在寫。

趕差事的匆忙行人
被填塞內餡的水果絆倒。
盲人用柺杖動女孩子的頭
因為擋到他的路
我正在寫。

宗教是一顆炸彈
我正在寫。

報紙報導直接
從新聞室

到垃圾場。
我正在寫。

唯一倖存的兒子
穿著血跡斑斑的鞋
去上學
我正在寫。

不夠全體孩子住的房屋
如今又寬暢又空曠
我正在寫。

屍體整夜幻影幢幢
無人可令其靜靜
我正在寫。

這些是人類蛆蟲
從我們之間的一個墓地爬出來的
我正在寫。

我無關小喇叭
或復活
我正在寫。

我的白紙是黑的。
我的墨水，正如我的沉默，
無色。
我正在寫。

夠啦
夠啦
我正在寫我的死亡書。

譯自Adhraa A. Naser英譯本

葉海亞・薩馬威
Yahia Al-Samawy

葉海亞・薩馬威（Yahia Al-Samawy, b. 1949），
畢業於巴格達穆斯丹希利亞（Al-Mostansyriah
University）大學，擔任教職和記者，在阿拉伯世界
和澳洲發表詩，已出版有《我的國家我的心》、《痛
苦不亞我國》、《流浪者之歌》、《選擇》、《這是
我的帳篷……那麼家在哪裡？》、《地平線是我的窗
口》、《野百合》、《文字念珠》、《文字墓碑》、
《我伏在國家肩膀上哭泣》等，英譯詩集有《兩岸
無橋》。榮獲沙烏地阿拉伯艾不哈市Al Multaka Al-
thakafy Al Araby獎、阿拉伯民族聯盟詩創作成就獎、
Babten最佳出版詩集獎。

最後的詩
The Last poem

我自己想要有：
二十隻手，
一張熱帶森林的大紙，
一支棕櫚樹的巨筆，
一口黑墨水的井，
寫我最後的詩，
注入我的焦慮，
臉色蒼白學童用書包換乞丐袋
用玩具換擦鞋箱
我最後的詩長如伊拉克之夜
我寫到祖國的苦悶
在斷頭台邊發癢
寡婦和喪子母親的悲哭
——在我沒有惡夢的死亡長睡之前——
從山頂上的布道講壇
或者從等待我腦袋前來的電椅閱讀
蒙眼繃帶無法窒息我的烈火
河水和雨水既不能澆滅我的熱望

也無法浸潤我乾旱的生活

把寫作器材交給我

我只能在紙上實踐我的自由

讓我死在紙上吧

讓詩成為我的墓

我在祖國沒有墓地

把寫作工具給我挖墳墓

否則我將開始最後的睡眠

但不要闔上我的眼睛

我要眼睛睜開像我們小屋的門

像乞丐伸出的手

一直張開

看看哪裡更黑：我的墓穴還是伊拉克？

二十年來我在家裡尋找祖國

啊！但願我能收拾我的碎屍

我經常在俘虜拘留所

和地下刑求室之間遷移

我的記憶分散在伊拉克全國

二十年來留在祖國的情人們夢裡互相通信
只有在葬禮遊行中才彼此見到面

出國去
Leave My Country

我們所愛的地球
不長茉莉花
為奪取
旺盛的幼發拉底河
在背叛者支援下
不生橄欖或無花果。
離開受到犧牲的我國
被殘害的人民
果園。
水道和淤泥
讓我們安息。
我們不要用豬換狼
不要傳染肺結核
也不要死於痲瘋病。

出國去。
強佔者的頭盔永遠不會是鴿子籠。

出國去。
濺血永遠不會成為薰衣草花卉。

出國去。
如今長期災害的果園
泉水乾涸了過去兩個世代，
呼喊，出國去。
在我們報仇之前，釋放抓錯的人
還給我們自由。

從假冒商標
從石油和虹吸戰爭的掮客
到吵吵鬧鬧的公眾人物
麵包竊賊
佔領軍指南
有偶像崇拜嗜好的人物

贓物拍賣者
腐敗分不清對錯。

出國去。
向獄卒頭子舉杯慶祝
討伐囚犯之戰勝利。
對！開戰前我們就被征服啦：
海棗乞求過日子。
田地乞求穀子。
而淤泥。
淤泥血流
從城門灌注到
清真寺祭壇。
所以出國去
給我們機會去埋葬我們的死者
從屍堆下方拉出
未達斷奶年齡的屍體。

走吧
趁伊拉克海棗還未寒顫醒來
復仇劍出鞘吧

譯自Salih J Altoma教授英譯本

哈札爾・阿爾馬吉棣
Khazal Almajidi

　　哈札爾・阿爾馬吉棣（Khazal Almajidi, b.
1951），詩人和劇作家，有志於處理古代宗教史，擁
有古代史博士學位。出版過35本詩集、22部舞台劇，
大都獲得伊拉克國內外獎項。

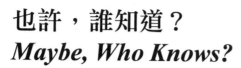

也許，誰知道？
Maybe, Who Knows?

1

小船送神
從天上送到地界，
消失蹤影。
大概不會再出現新的傳說
也不可能平息我們內心的神聖激動
我們將繼續如此渴望
也許永遠不歇！

2

我把身體變成紙
屋裡充滿灰塵的話語
我的日子就在書內繁殖
有一股腐味源自
我生平做過什麼事？

3

我的幸福，我設法隨樹葉旋轉
我的幸福漂浮在水上
也帶著我的絕望信息和諷刺
我的幸福……
被水滲透汲取。

4

詩人無用
因為他們的言語妨礙行動
真理在畫家手中。

5

暴力的腳在我生命走廊踐踏
當我正在冥想命運時

暴力的腳侵入我的思考，
陌生、孤獨又駭人的腳
晚年的腳。

6

我點燃你的燈，我的身體亮了
我把燈放低，我的眼睛亮了
我把燈熄滅，我的精神亮了

7

你的嘴是金的
我的嘴是銀的
我們的故事是人民的
項鍊、耳環、戒指裝飾品。

8

天空中的兩個房間
跟隨露水往下滴
漏在我裡面
湧動我本身的深水
掏出所有這些問題！

9

從源頭
直到河口
我的瀑布沖刷下來
攜帶所有這些油燈
還有這般黑暗！

10

以前
天空是我的目的地
但今天
天空被刺破了
我看不到什麼，只有在我深處
用水的喧囂、用瘋狂翻轉。

穆尼安・阿爾法卡
Muniam Alfaker

　　穆尼安・阿爾法卡（Muniam Alfaker, b. 1953），
為逃避伊拉克獨裁政權，流亡國外，先到摩洛哥，再
到黎巴嫩，1978-1982年住在貝魯特，開始寫詩。1982
年移居敘利亞大馬士革，翌年出版第一本詩集《遠離
他們》，1986年第二本詩集《異樣》後，即以難民身
分遷到丹麥，在此出版多部詩集，有《雲在旅行》
（1988年）、《心靈的馬在嘶鳴》（1990年）、《水
上痕跡》（1991年）、《有衣無體》（1995年）、
《一起》（1998年）、《遠景書》（2001年），小
說《回憶秋千》（2007年），《兒童車廂》（1994
年），譯詩集《愛情明信片》（丹麥詩選，2000
年）。詩被譯成法文、挪威文等出版。榮獲多項文學
獎，例如1995年丹麥圖書館協會文學獎、2003年協助
流亡藝術家榮譽獎，自1990年起幾乎年年獲丹麥國家
藝術基金獎助。1996年起經常策劃丹麥與埃及、伊拉
克、敘利亞及其他阿拉伯國家間之文化節，獲得各國
文化部贊助，也在阿拉伯世界廣為報導。

建立家園
To Build a Homeland

我曾經採用
一點點沙，
一些些雜草。
少許水
和一大堆鐵絲網。
自己築家。
可以稱為「伊拉克」嗎？

士兵
The Soldier

他既不軟到
可以打破
也不溫柔到
可以彎曲
他到處游走
在空洞的孤獨中。
他第一次假期
搭卡車回家。
他第二個假期
坐公車回家。
他第三次假期
裝在箱內送回家。

家庭
A Family

早上
一杯咖啡
配奶酪和橄欖
早餐桌用手
加寬。
父親就要出門時,
男孩討一些巧克力,
母親討一個吻,
父親說:「我會回來。」

到晚上
男孩坐在門口,
母親在廚房裡,
父親是在太平間。

薩莉瑪
Salima

寒冷時，
她帶火來
熱時
她帶冰來
悲傷時
她單獨來，
喜悅時，
她與大家分享。

關係
Relationship

風呀，
用你的柔軟圍巾
擦乾我的眼淚
催我入眠。
風呀，
我只為你
開門
開窗
請勿吹滅我的蠟燭。

逃亡
Escape

流亡的樹總是灰濛濛
我要走非我的路。
也許我會用
雲作為戰車
風作為戰馬。

我會蓋住所有鏡子
和眼鏡
遠離光
我會儲藏我的形狀。
讓大家看不到我。
我會換天堂
像換襯衫,
用地球作褲子。
我赤腳走路,
甚至也許裸身。
我不會向
任何新來者招呼,

也不會對
正要離開的人道別。

我會把自己
隱藏在衣服內
用水
覆蓋我的身體。

我會用黑暗
照明我的臉
──我不會開門
不拉窗簾
不敲門
不走開一步。
沒有朋友
可以
朝我
走近一步。

我會獨自坐在
自己的公司
慶生。
我會高興，高興到
超越過悲傷。
我會把痛苦
存儲在
我的皺紋裡。
我不會盯著報紙
看太久
報紙才不會
回瞪我。
我會集存我的
指紋
包好所有足跡。
我會選擇下雨天
去觀光
並陪伴霧

坐板凳
我會早睡
早起。
我會把腳印
給土地
藉此
可以偷走。
我會讓自己的論文
不露出字，
我會點亮夜晚
關掉白天。
我會戳
全部傷口，使我的痛苦
永遠不會休息……

塔列布・阿卜度・阿齊茲
Taleb Abdul Aziz

　　塔列布・阿卜度・阿齊茲（Taleb Abdul Aziz, b. 1953），是1980年代伊拉克散文詩泰斗之一。於1982年應召入伍，參加戰鬥，從伊拉克北方打到南方，直到終戰。在1986年Al-Faw戰役中，一顆跳彈打死他兄弟，詩人倖存後，1991年寫詩懷念。迄今出版過三本詩集和一本散文：《傷心史》（1994）、《莎拉吉沒有暴露的是什麼》（1999）、《第九天》（2012）和《在巴士拉廢墟前》（2012）。

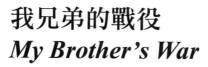

我兄弟的戰役
My Brother's War

起來吧，兄弟，戰爭結束啦
他們把你的坦克車送到煉鐵廠
你的來福槍還在山上
沙場最後已終結你的英勇。

農夫正在你倒下的地方耕作
因為你種的樹
也死了。
你負責防守的山
不會存活；
敵人湧上山頂從雪地拉下
你樹立的旗幟。

*

每次，
在你最後倒下之前，
敵人偷取你的軍服和光榮

不論你死過多少次，兄弟
他們用子彈要把你分屍
甚至在你最後死亡時
蛆蟲正從你的眼窩
和大心臟的洞窟掉落
他們以為你就要倒下了
你依然是他們久久的夢魘。

*

起來吧，兄弟，戰爭結束啦
孩子們爬上花園籬笆。
你常看到的金屬和火球
冷卻了，在這裡
他們用腳踢，
靠近你倒下的地方
把你身體撕碎的那個球除外。

*

在我們村內
沒有戰爭或敵人。
露水夜鶯和鴿子的地平線
剛剛在我們枕頭下形成
我們已忘卻一些傷口。
我們可能把舊恨餵給一些匕首
但我們想要的是
我們的狗不吠而是待客如賓。

*

母親還躺在床上
我對她說你的樣子和強壯手臂，
使她喜不自勝說
難道他們找不到你合穿的鞋子？
她問我

你睡在哪一側？
我傷心告訴她
你已經七年沒睡覺啦，
砸碎你肋骨的彈片
是強力大砲發射的，
把你的青春一舉抹消了，
我讓太陽照著
你的名字和夢想，
我的身體倖免噴到
你暴裂成的碎片
而在你生死間的距離
是六個孩子。

艾哈邁德・馬塔爾
Ahmed Mattar

　　艾哈邁德・馬塔爾（Ahmed Mattar, b. 1954），出生於伊拉克南方巴士拉省的小鎮塔諾馬（Tanoma）。伊拉克革命詩人，流亡數十年，最近旅居倫敦。詩嚴厲批評阿拉伯統治者缺乏自由、濫用酷刑、緊抱權力，無所不用其極；甚為感歎阿拉伯社會的一般情勢。

我的朋友哈山
My Friend Hasan

我們信任的總統來視察
巡視我國廣大幅員
發表演講提到：
「不要怕異議的聲音
懼怕的日子真難過」
我的老朋友特倫特站起來
問他：「總統閣下
哪裡有內容豐富的食物？
哪裡有雅房出租？
哪裡有不艱苦的職業？
哪裡有藥品在發送？
總統閣下呀
雖然你心存最佳善意
我們一分錢都沒有！」
受到信任的總統接著說
聲音充滿大悲憫：
「在此地，在此場合
聽到她這一番不滿的話

使我椎心刺骨。
感謝妳說話的好意
好時光正在好轉。」
一年歲月來了又過去了
我們的總統又來啦：
「不要怕異議的聲音
懼怕的日子真難過」
沒有一位不滿分子！
所以我心存善意站起來：
「哪裡有內容豐富的食物？
哪裡有雅房出租？
哪裡有不艱苦的職業？
哪裡有藥品在發送？
很抱歉，總統閣下呀，
我的老朋友哈山到底哪裡去啦?!」

阿德南‧薩耶傑
Adnan al-Sayegh

　　阿德南‧薩耶傑（Adnan al-Sayegh, b. 1955），出
生於庫法市（Al-Kufa），伊拉克80年代最具獨創性詩
人之一。1993年不留情面批評政府壓制和不法，導致
流亡約旦和黎巴嫩，1996年又為出版長詩《烏魯克頌
歌》，強烈表示對伊拉克經驗澈底絕望，被判死刑，
避難瑞典，2004年後住在倫敦。2006年春天在巴士拉
第三屆Al-Marbed詩歌節念詩，激怒褊狹的武裝自衛
隊，威脅要致他死地、割掉舌頭，急忙逃離巴士拉，
經科威特恢復流亡倫敦。獲Hellman-Hammet國際詩
獎（紐約，1996年）、鹿特丹國際詩獎（1997年）、
瑞典作家協會獎（2005年）。詩譯成英文、瑞典文、
西班牙文、法文、德文、羅馬尼亞文、挪威文、丹麥
文、荷蘭文、波斯文、庫德文等。出版詩集有《在自
由神像底下等我》、《庫法橋上之歌》、《麻雀不愛
子彈》、《頭盔內的天空》、《給她長髮的鏡子》、
《膠雲》、《在奇異天空下》、《構成》、《烏魯克
頌歌》、《攜帶著流亡》等。

賢能怎麼啦
What Happened To The Sage

正當他發表演講時……
滿座的大廳裡
他們正在做
最後情治報告後的模擬屍體
把殘餘血液放進
家庭冰箱內。
他離開講台時
掌聲音樂中
摸摸脖子
只剩下可怕的空無
有一道長傷口，衣領上方還濕濕的。
他在恐慌中
奔向聽眾……
從空席椅子喊救命……
被嗤嗤笑的回聲絆倒。
只有
老警衛
在絮絮不停說

剛才他看到
一位瘋子
在尋找……
座位間的
斷頭。

我宣布
I Proclaim

明天
我會伸手到開闊白天，
被雲層而不是飛機遮蔭，
我會在炸彈和泥巴當中尋找
我的生命和朋友遺留物。
我在肺裡裝滿彈珠和茉莉
沒有聲明就回家
把我的夢想刻成屍體和激憤。
你最初的焦慮呀
你最後的祖國呀
我們所有的一切
就像我們夢想的國家
和消失中的欲望。
我雜在炸彈裸露中，該轉向誰？
把我的載具升到天空，
在地方坑坑洞洞當中，分配
我的臉以及被謀害的空間。
匆匆忙忙，像一隻淋濕的鳥，

最後的子彈穿越我的身體，
以殘敗的花卉粉飾歲月。
我用希望的針縫補
青春的襯衣，在心臟處破裂
只有槍擊才能再撕碎。
明天，當戰爭用武力結束時
誰會收集碎片？
誰會還給戰爭寡婦正在含苞的花？
在懷舊的深色覆蓋下，我小心偷溜
朝向國家支脈，立刻分開
不然會瞬間乾枯。
把噴泉支脈與
炸彈支脈加以比較，
我說，早安，我的國家，
教我們分散在
古老咖非店椅子與電刑自白之間，
在低矮房屋
與不忠的女人之間。

民族會把我們綑在用恐怖黏膠
固定在一起的空間內⋯⋯
我們會掃描地平線：
黑色⋯⋯
以雜草般希望綠化，
利用飛機收割。
或是藍色
用我們的血染紅
只能利用廣告牌徵收。
或者一種淺灰色
像我們的回憶，
一點一滴定著在心靈裡。

哈密德·蓋希姆
Hameed Qassim

　　哈密德·蓋希姆（Hameed Qassim, b. 1955），
出生於巴格達。畢業於巴格達大學藝術學院阿語系，
獲阿拉伯文學與評論碩士，擔任過伊拉克藝術雜誌
《Funun》編輯、約旦Al Rai日報通訊記者、伊拉克
Alef Ba雜誌主編、阿拉伯聯合大公國Al Itihad日報編
輯兼祕書。出版詩集《舊時代童年集彌撒》、《晨
風》、《沒有風》，詩評論《火的起源》等。獲伊拉
克讀書俱樂部兩伊戰爭最佳文本獎等多項榮譽。

這也會過關
This will pass as well

這也會過關

從我們雙手之間，在閃電和沙暴下

大自然正準備給我們一場泥巴浴

在此無常春天，懷著不定情緒

行人越過廣場

以石頭特徵的冷酷

像戴著類似面具

因為過度灰心失望

我想起掉落在花園草地上的酸橙白花

把閃電反射在開花……！

此時雨充滿塵味

在我的生命用酒浸濕後

我自己還能判斷被深黑所囚

諦聽雷聲

和窗上雨滴？

儘管都是這場雨

雨充滿塵味！

我用酒治療腫瘤

眼看我的生命瓦解
等待別人把我放進窄棺內
為徹悟生命的意義
難道我正想
要繼續活下去
直到4月20日或我20歲時
寫一首詩？
最後落塵在我棺上，怎會知道
我正首次想到生命的意義
而且會在泥濘黑暗的深淵寫詩？
然則你對我的忠告怎會太遲？
「別再叫我」
我正在暗中寫作
沒有人會聽我或想我！
也沒有人知道我在想什麼？
我正在想全部這些
石頭面具一再越過廣場
那邊有大型小便池

那邊有人醉倒臉貼柏油路

然後濕漉漉嘴巴暴吐

嘔吐使滿齒酸溜溜

你這城市，你的偉大傳奇結束

因為沒有裙子被風掀起

需要女孩用手指壓下，晃動

你的暴風不再能動蕩褲子和長袍

你的氣氛不再能顯示稍稍溫柔和潔白

不論在廣場還是任何其他地方……

我在暗中寫作

我有一瓶酒

和滿滿一大袋堅果、開心果和杏仁

和飲料

一碗凍酸奶、一支湯匙

和幼稚的英語知識

這也會過關……

因為生命在此不值錢

滿是泥濘

泥濘弄髒我們的鞋子
和我們的褲腳
和心靈

譯自Adhraa A. Naser英譯本

哈立德 · 馬立
Khalid Al-Maaly

　　哈立德·馬立（Khalid Al-Maaly, b. 1956），出生於伊拉克塞瑪瓦（al-Samawa）附近沙漠。1978年出版第一本詩集《我公開筆記本的對象》（To Whom Do I Declare My Notebook）。1979年離開伊拉克，先到黎巴嫩，再到巴黎，1980年定居德國科隆。1983年創辦al-Jamal出版社，後遷住貝魯特迄今。出版過文學雜誌Faradis（1990-1993），創辦期刊'Uyun（1995-）。著作有《文字練習噪音》（1982年）、《喉嚨悲劇》（1987年）、《在思念我們眼睛》（1990年）、《無趣的筆記本》（1992年）、《戰爭日記及其他作品》（1993年）、《蘆葦的想像》（1994年）、《午夜沙漠》（1995年）、《岸邊下船》（1997年）、《回到沙漠》（1999年）、《駱駝伕之歌》（2002年）、《露天為家》（2006年）、《俊穆回到家鄉》（2007年）。他也從事德譯阿拉伯語詩，以及阿譯德語詩，並定期供稿給數家阿拉伯和德國報紙。詩被譯成德文、法文、義文、英文、希伯來文、波斯文、葡萄牙文和西班牙文。榮獲多項著名德國和阿拉伯世界文藝獎。

今天你夢見棕櫚樹
Today You Dreamed of Palm Trees

今天你夢見棕櫚樹
長途旅行去果園
你打赤腳
夢見石榴花開

今天你夢見早晨出門
鐘聲響著
狗在遠遠吠著

你會出門嗎？
你會傷心嗎？
一切都已消失
你的手空空
你一直在繞圈圈
從早上起

人生怨歎
Life Wails

我走到群星訕笑

凡有缺陷都有苦楚

這我早知道

我在兩岸之間為難

從這邊到那邊

我把缺陷帶在包包內

繼續走

讓他們知道

我的駱駝還沒死

回聲也沒止息

心習慣

在夏天跳動

到了冬季

在兩岸搭帳篷

人生在每次心跳中怨歎

不，不是我的時間
No, It's Not My Time

不，不是我的時間，還沒到
我已來到世間
在別人走動的地方走動
獨自唱歌
吹哨我的音調
當太陽西下
我就回到自我

不，不是我的時間，還沒到
我大步向前走
興致一來，我就
用語音朗誦
再寫下來
或加以吟唱

不，不是我的時間，還沒到
我現在不會出動
我會讓那些前來的人

回去
我擁有的都會留在
夜裡夢中
狼嚎時
我跨河過去

我討厭在此死亡
I Am Bored of Death Here

牽我手帶我走
我要看你
打赤腳走路
哭泣
眼淚在手心
我的魂，無處可去
高高在上翱翔

帶我走，真的！
帶我的衣服
讓我走
我的時間到此為止
經常炫耀的回憶
早已溶解

牽我手帶我走吧！
我討厭在此
死亡

遠方墳墓夠用了
狗炫耀
尾巴
我要休息
牽我手帶我走吧！

離開世間
Departing the Word

如今你已回到
沒有人民的國度
你展開回憶
傷心話語
你繼續打赤腳
你的碗空空
失落尋求的夢想
你又在餘燼上邁步
在那裡看到一人
正在等你

你經常從
手指點的那邊來
一線牽拉記憶
過河
過海

當你走過去
狼群會迎接你

譯自Sinan Antoon英譯本

哈桑・慕特拉克
Hassan Mutlak

　　哈桑・慕特拉克（Hassan Mutlak, 1961-1990），
寫作多元，出版有詩集《面具、你、故鄉與我》
（2004年）、短篇故事《阿爾發・哈桑・貝他》和小
說《在烏拉爾的笑聲力量》（2003年）、自傳《愛之
書在地面上的影子》（2006年）。其小說《德巴達》
（Dabada）被伊拉克政權認定在諷刺政府，以試圖政
變為由，慘加殺害，享年29歲。他在知識分子間，被
視為是伊拉克的洛爾卡。

面具
Masks

詩人是寫下
偉大詩篇再丟棄的人
瞧：
黑格爾是偉大人物
因為他丟棄哲學
嘉思東‧巴什拉沒有發現
因為他顛倒看天花板
因為他思考著思想
因為嘲弄依然屹立
全部死去的
只是那些學者
人失去知識
因為他們從未談論過
他們偉大
是他們先前受到認可
麻雀聲音超越了
亞里斯多德

札埃姆・納塞爾
Zaeem Nassar

　　札埃姆・納塞爾（Zaeem Nassar, b. 1961），屬
1980年代戰爭詩人，也是伊拉克1980世代選用散文詩
模式表達政治和反戰異議的代表性詩人之一。應募兵
在伊拉克軍中服二等兵六年（1985-1991），在前線三
年，實際參加戰鬥。他在1980年代出版的詩集，代表
上世紀中期興起的伊拉克詩現代性延伸。目前擁有自
營出版社，為伊拉克文學景觀的推手之一。

非常巧合
The High Coincidence

這秋天誰沒被鋼盔磨到？
墜落的金色鋼盔，
猛吸回憶的鋼盔，
在鏡內舞蹈的鋼盔，
掉在戰地閱覽室的鋼盔，
前進到神眼皮的鋼盔，
落在鄉村沙塵上的鋼盔。

鋼盔一個接一個，滿山滿谷，
宣言是墜落的鋼盔。
宣言歌詠芬芳
獻給神聖雷鳴，
獻給種植的春季，
獻給擋下風勢的高地城市，
獻給在暗溝失事把人丟在一邊
碎成片片的驚悚傳說，
獻給最後冒險的
喇叭手。

喂！高鋼盔！
喂！高鋼盔！

人千奇百怪不勝其數。
首先是全部山谷在背上，在水上行走，
其次因為搞不清他想要什麼，對太陽就沒能耐，
第三在帝王谷*¹裡的人是一具骷髏，用荊棘雜草
　　纏繞，齒間
有一哨子，發出神祕訊號，在他脖子上掛著老家
　　的盤子，他
正夢想無法企及的生活，靠近哭泣的松樹……
帷幕還未降下。

*¹ 帝王谷（Shahmiran）：在兩伊邊界的蘇
　萊曼尼亞市（Sulaimania），詩人和戰友
　在此駐紮多時，於兩伊1986戰爭中，移防
　到Bardah Dukan山頭，詩人在此經驗到很
　酷的戰爭經驗，士兵失去所有彈藥，開始
　以冷武器戰鬥。此詩寫於1986年，戰後才
　發表在《Youm 7》（第七天），1989年10
　月9日在法國發行。

阿卜杜拉米爾 · 賈拉斯
Abdulamir Jarass

　　阿卜杜拉米爾 · 賈拉斯（Abdulamir Jarass, 1965-2003），出生於巴格達，畢業於巴格達大學阿拉伯語系，平生出版一本詩集，在移民加拿大數年後，2003年因騎機車出車禍，過世才引起世人注意到其詩作，被視為伊拉克大詩人之一。

拿破倫
Napoleon

神呀……
袮將如何改變情況
把皇帝製造成
一個異樣的男人
不會喜歡戰爭
勝於教室的
男人。

塗改記錄
Deceived Minutes

我正在實施我的生活……
似乎是：一種愛好
或幻想
1995年，我進入30歲代
從來沒有認真過
就像這樣
好像走進
酒吧間。

鄧雅・米哈伊
Dunya Mikhail

　　鄧雅・米哈伊（Dunya Mikhail, b. 1965）出生於伊拉克，1996年移民美國。出版詩集計有六本阿拉伯文、三本英文和一本義大利文，包含《伊拉克之夜》、《海外波浪日記》和《戰爭勤勞》。編輯《15位伊拉克詩人》小冊。阿拉伯文詩集在埃及、伊拉克、黎巴嫩、敘利亞和突尼西亞等國出版，英文詩集則是由紐約新方向出版社出版。榮獲Kresge獎學金、阿拉伯美國書獎、聯合國自由寫作人權獎。《戰爭勤勞》入圍葛里芬獎，並被美國公共圖書館列名為「2005年起值得記憶的25本書」之一。為密歇根州美索不達米亞藝術文化共同創始人。現任密歇根州奧克蘭大學阿拉伯語特別教師。

戰爭勤勞
The War Works Hard

戰爭多麼壯觀呀！
多麼熱烈
有效率！
清晨一大早，
就叫醒警報器
派出救護車
到各地，
在空中晃動屍體，
滾擔架給傷患，
從母親眼中
喚雨，
挖地
從廢墟底下
弄掉許多東西……
有些是無生命卻閃閃發光，
有些是蒼白還有脈動……
孩子們心中
產生許多疑問，

在天空
放煙火和飛彈
娛神，
在田裡播種地雷
收成是爆破和水泡，
強迫全家移民，
在牧師詛咒魔鬼時
站在身旁
（可憐的魔鬼，依然
一手伸在烈火中）……
戰爭繼續勞動，不捨晝夜。
使暴君靈機一動
發表長篇演說，
頒勳章給將領
題材給詩人。
這有助於
義肢的產業發展，
為蒼蠅供食，

給歷史書增加頁碼，
殺人和被殺之間
達成平等，
教情人寫信，
令少婦習於等候，
用文章圖片
充塞報紙版面，
為孤兒
建新房子，
鼓舞棺材廠商，
給挖墓者
輕拍背
在領導人臉上塗笑容。
戰爭空前勤奮勞動！
竟無人稱讚
一句。

鞋匠
Shoemaker

一位熟練鞋匠

盡其一生

在敲打釘子

為各樣的腳：

出發的腳

踢的腳

衝的腳

追的腳

跑的腳

踹的腳

蹦的腳

跳的腳

絆的腳

不動的腳

顫抖的腳

跳舞的腳

回來的腳⋯⋯

鞣皮

在鞋匠手中
生命只是一把釘子。

骨骸袋
Bag of Bones

運氣多麼好！
她找到他的骨骸。
頭蓋骨也在袋裡
袋在她手裡
和其他袋一樣
在其他顫抖的手裡。
他的骨骸，和千萬骨骸一樣
在大眾墓地裡，
他的頭蓋骨，不像任何其他頭蓋骨。
兩個眼睛或眼窩
看到太多，
兩個耳朵
聽音樂
聽到自己的故事，
一個鼻子
從未聞到清潔空氣，
一張嘴，像裂隙，
他吻她時不是這個樣子

那裡，靜悄悄，
不是這裡
頭蓋骨和骨骸和灰塵喧囂
挖出問題了：
在黑暗扮演一切沉默的地方
死對這一切死者意味什麼？
在所有這些空蕩蕩的地方
如今遇到所愛的人意味什麼？
在出生的時機
母親給你的
一把骨頭
在死亡的時機
又還給她嗎？
離開時沒出生或死亡證明
因為獨裁者取你生命
沒有給你收據。
獨裁者也有頭蓋骨，
巨大的一個。

這本身解答一個數學問題
一位死者乘數百萬
就等於祖國
獨裁者是偉大悲劇的導演。
他也有觀眾，
觀眾給他鼓掌
直到骨骸開始咯咯響——
袋內的骨骸，
整袋終於在她手裡，
不像失望的鄰居
還沒找到她自己的。

艾南娜*[1]
Inana

我是艾南娜
這是我的城市。
這是我們的會面
又圓、又紅、又飽滿。
在這裡，前些時候，
有人喊救命
不久就死掉了。
房子依舊在
連同屋頂，
人，
和噪音。
棕櫚樹
正要對我細語什麼
就被斬首了
就像在我國的一些外國人。
我看到老鄰居
上電視
跑

炸彈，
警報器
和阿保‧圖霸*2。
我看到新鄰居
在人行道
跑路
做晨操。
我在此
思考
滑鼠和電腦的關係。
我在網際網路上搜尋你。
我辨識你
逐一墳墓，
逐一頭蓋骨，
逐一骨骸。
我在夢中
看到你。
我在博物館內
看到古物

散亂

破碎。

其中有我的項鍊。

我喊叫你：

安份吧，死了就死啦！

不要再爭搶

我的衣服和我的黃金！

你怎能擾我睡眠

嚇跑一群蜜吻

離開我民族！

你種植過石榴和監獄

又圓、又紅、有飽滿。

這些是你在我衣袍上的洞孔。

這是我們的會面……

*1 艾南娜（Inana）是蘇美爾古代神話裡的
    聖女。
*2 阿保·圖霸（Abo Tubar）是20世紀伊拉克
    著名罪犯，16歲時，半夜攀屋闖入民宅，
    無緣無故殺害全家。後來，他成為總統，
    伊拉克人都相信。

阿哈馬德·阿卜度胡塞因
Ahmad Abdulhusain

　　阿哈馬德·阿卜度胡塞因（Ahmad Abdulhusain, b. 1966），出生於巴格達。1982年出版第一本詩集《At-Tali'a Al-Adabiyya》，1984年進美術學院造型藝術系，1988年在兩伊戰爭結束前應召入伍，1990年第二次海灣戰爭起，帶著詩作出國去研究伊斯蘭學。在多家報紙擔任過編輯助理、副主編、文化編輯、主筆等職。出版詩集《痛苦的信仰》（1999年，西班牙Alwah出版社），譯伊朗女詩人Furog Farakh Zad的詩集《用海浪紅酒施洗我》。2000年定居加拿大。

聽天
Hear the Sky

藍色天空在漁網內哭泣。
遠方復活節心淌血注入大杯子裡。
可說是空氣汲另一種空氣欲醉。
但是，
聽聽低空怎麼說。
正如深不可測的井，在裡面燒書，
受到閃電鞭打或在其天庭有一黑洞
閃閃發光。
為透露其廢墟花開，
花崗岩柱在功利的手中無聊晃動。
下方，
底下，
在黃道帶低平面，
衰老天使昏昏打盹。
兄弟們腐爛在床。
我聽說的。
我聽到孤獨持鈴叫醒孤獨。
小空虛向大空虛鞠躬稱呼：

父啊，
我已精疲力竭。
為何我該比擬卻做不到？
我原先比擬在葬禮一再叫喊。
知道是自己的葬禮時，已經太晚，
若我不滿，細塵本身就替代我。
然後再比擬白上加黑直到我害怕
我可能是你的烏鴉。
我該說那是藍色火焰嗎？
是的，
在我心中，我發現那火把。
可是，
有別人已點燃先知教條。
我從未加以比擬死亡。
我為死亡安排許多桌和許多條麵包。
它依然瞪著我看。
聽天說：
它就是你。

痛苦的信念
Painful Beliefs

1

像是無心繪出腳鐐在陳述結束時散發
像是被下毒的花園在沙漠前顫抖,
像鐘在聾人節失聲,
像這個那個
我用截肢的手指指向我的孤獨。

2

我是:
在《你是誰?》概述的黃皮書中結束的詭計
朝向我沒有進展的黑暗。
對聆聽人造蘆葦的群眾開放的空虛遺產。
在人民末端雙膝下跪提問的奴隸;
(到底,我自己是哪一位):
缺席會講話嗎?
他說:

孤獨，也一樣。

會命令和禁止。

而命令和禁止是語言。

我說：

這是在人之間不能談的語言。

他指著自己的胸口，

說道：

除了我，都不是人？

3

像廣大無邊的沉默在播放病態喇叭，

在昏昏欲睡的耳朵內

我捍衛我的孤獨。

阿里・米茲赫
Ali Mizher

　　阿里・米茲赫（Ali Mizher, b. 1966），出生於伊拉克，詩人、翻譯家，1998年起住在美國。出版過一本阿拉伯文詩集，2002-2007年編輯線上文學網路Nisaba。

愛情和流亡的片段
Fragments of love and exile

愛你，
就是要雕鑿像孕婦
為紅色康乃馨
不記得
永恆的花園

*

以妳的呼吸，
從自然和人為暴力
淨化我的語言
我利用
你的呼吸所照亮的
鏡子增加

*

我循著
小路
無處可通
只記得
解脫昨天的苦悶
和明天的負擔。

*

我在許多國家，
找妳的床
在許多雲彩，
找妳的枕頭羽毛
在許多傷口，
找餐桌上的一個字。

*

彎彎曲曲
——描繪河流路徑——
是土地在
我們腳下滑動的皺紋
我們需要枴杖時
深淵開啟
我們需要牆壁時
在泥中繼續往下沉

*

在那邊墳墓旁邊，
樹根不像我們的手。

巴西姆・富拉特
Basim Furat

　　巴西姆・富拉特（Basim Furat, b. 1967），出生於伊拉克中部的卡爾巴拉（Karbala），伊斯蘭教什葉派聖地，1993年離開家鄉。迄今出版13本書，大部分是詩集。住過約旦、紐西蘭、日本（廣島）、寮國、厄瓜多和蘇丹。為許多國際聯盟的會員。

地方向我揮手
Places Waving To Me

那裡人民被灌輸過
那裡人民在我記憶裡根深柢固。
那個地方長駐我心中
村莊有大小石頭的氣味。

河流保存我的讚美歌。
我心相隨。

他們唱歌時，鳥和馬都滿意。
我向他們跑去時，襯衫有興奮氣味。
我肩上揹著祖先行事錄
手揭開祕密部落格。——這文字對嗎？
門已經停止對我吼叫
太陽漩渦把我的船推向這些岩石。
許多沙漠在追逐我
森林已經在他們飢餓中消失。

牧羊人呀
你用什麼方法
在痛苦的布上塗繪善良？
我們食物變成五彩地平線隱藏歷史的虛榮。

牧羊人呀⋯⋯
來把我的綠色鋪上你的房子。
帶我去彩色比賈族*¹那裡
以他們的藍色和粉紅色調
攪沙模製成他們孩子的膚色。

托缽僧呀
你如何試探我前往塔卡*²的路途？
他們鼓聲震耳⋯⋯
他們的神話，在薄薄鼓皮下，甦醒了

那些夢想要長笛的人，
誰想要與妻分手⋯⋯

被帶到天使熏香的基爾瓦*³。
他們想用一些粘土慶祝婚禮……
剩餘的用來塑造彩虹。
一切在魔鏡裡消失蹤影……
或用來製罐，內藏黃金……
然後跨越婦女身體唱誦經文。

雨水稀少的地方，這些是廢話。
這些禱告成為醜陋寶藏。
這些阿比西尼亞*⁴咖啡杯……
誰被鬥牛士舞蹈振奮了
在教堂祭壇上屠宰……
他們鮮血流到……
在地圖上搜尋新城市。

*¹ 比賈族（Bija）：居住在蘇丹東北的種族。
*² 塔卡（Taka）：蘇菲派靈修地
*³ 基爾瓦（Khilwa）：另一靈修地。
*⁴ 阿比西尼亞（Abyssinia）咖啡杯：杯把貼心
　　好握，杯身高溫燒製，較一般陶瓷杯耐用。

哈立德・穆諦拉克
Khalid Mutlaq

　　哈立德・穆諦拉克（Khalid Mutlaq, b. 1967），伊拉克報人、作家、博主，也是伊拉克1990年代戰後詩最佳代表詩人之一。擔任《Al Jumhoria》報紙編輯。他反對傳統詩型，堅持採用散文詩以符合時代需要的手段。評論家相信做為文學雜誌編輯的職務，此等主張改變政府在1990年代對年輕詩人的態度，使年輕一代推翻上一代詩人，一躍而成為文化景觀的中心。

白俄羅斯詩篇
The Poem of Belarus

終於，我決定死在這裡
在白俄羅斯積雪下。
在苗條少女腳踩下，
她們笑聲散布黃昏悒悒
在此偏遠的森林中。

我不想死在家鄉。
我不喜歡沙塵荒荒鹽份燥燥。
我不要墓地對準悽悽墓碑，
側身戰死的朋友墓間，
他們睡在那裡，受到死亡天使
和殘暴問題所驚嚇。

身為退伍軍人，
身為在平原山地行軍的老兵，
我有權利，在戰後無緣無故留下來
多呼吸幾年。
我有權利，

選擇這積雪山坡地躺下來
有安全和神祕快感。

事實上，事情沒那麼糟，
在家鄉生活有時是快樂之旅，
有時則艱苦備嘗。
可是死在白雪底下
是我心靈的適當歸宿
退伍軍人的心願。

我向你揮手，遙遠的土地。
我向你揮手，我的故鄉。
我向你揮手，母親呀
我向情人揮手，
把我的光輝青春歲月獻給她們。

80年代*¹，我的歲月像黑鼠
在障礙物後面，

於砲孔和壕溝間跳竄，
在那邊火線上
在法奧*2和魚湖，
在庫德斯坦的莫特山
在曼地里*3的基斯卡山岡
有砲兵隊和迫擊砲在演奏
最最免費的音樂
所以士兵有時請假去參加
有時卻去墓地。

我向我的城市揮手。
我向拉希德街*4揮手，
向拉沙費*5雕像
向底格里斯河及亂紛紛的鷗鳥
向瓦茲里阿亞*6和小穆阿德罕*7車道
揮舞退伍軍人的手；
以露天發射子彈的手，
那時我所有的PKC機關槍*8都上火線。

我揮動遲頓的手，露天射擊子彈
有時用筆名寫文章
為了下一代和內心的平安

這就是我何以接近2013年雪地
告別炙熱的太陽
和遍地灰塵，
告別標誌我一生歲月的愚昧行徑。
人有充分自由選擇燦亮白雪
做為最後安眠的被覆
多麼幸運呀！

我的餘生
會住在一間小屋
在明斯克郊區，
聆賞莫札特、蕭邦和貝多芬音樂。
春來時，蝴蝶飛近露水霑霑的窗戶；
維瓦爾第是首選。

我會讀胡塞爾，

和馬丁‧海德格，

還有梅洛龐蒂，

不懂「意識是人投身在此世間的存在」

但給我生命深深的意義

見證我死在白俄羅斯積雪中，

我碰巧經過的白俄羅斯。

終於，我決定死在這裡

在白俄羅斯積雪下。

在苗條少女腳踩下，

她們笑聲散布黃昏悒悒。

在此偏遠的森林中。

*1 1980年指兩伊戰爭，跨越1980-1988年，戰
　 士的青春歲月消耗在前線。
*2 法奧（Al Faw）半島的小港，伊拉克南部
　 靠近阿拉伯河，在底格里斯河與幼發拉底
　 河及波斯灣匯流處，波斯灣中部東邊即是
　 阿拉伯灣。

*3 曼地里（Mandili）是伊拉克東部城市，接近伊朗邊境，屬迪亞拉（Diyala）省。

*4 拉希德街（Al Rasheed）是伊拉克首都巴格達主要街道，在20世紀長期為伊拉克智識分子文化生活中心。

*5 拉沙費（Maarouf Al Rasafi, 1875-1945），伊拉克著名詩人。

*6 瓦茲里阿亞（Waziriaya）是巴格達市的一區，靠近主要大學校區。

*7 小穆阿德罕（Bab Al Mu'adham）是巴格達市中心，大學和巴士總站所在地。

*8 PKC機關槍，口徑7.62 mm，原蘇聯設計，後來由俄羅斯生產。

穆辛・拉姆里
Muhsin Al-Ramli

　　穆辛・拉姆里（Muhsin Al-Ramli, b. 1967），巴格達大學西班牙語碩士，2003年獲馬德里自治大學語言學博士。專長為20世紀阿拉伯文學、阿拉伯語言和伊斯蘭文化，執教於聖路易大學馬德里校區，從事西班牙與阿拉伯作品互譯。獲年輕作家獎（1988年）、倫敦Al-Sharq Al-Awsat雜誌獎（1996年）、美國阿肯色大學翻譯獎（2002年）、國際布克獎入圍（2010年和2013年）、以及Jeque Zayed書獎入圍（2016年）。詩。小說、學術著作等，被譯成英文、西班牙文、德文、法文、土耳其文、義大利文、俄文、阿爾巴尼亞文、加泰隆文和庫德文。

再致哈桑・慕特拉克*1
Once Again to Hassan Mutlak
還不是最後

以前是什麼變成剩下什麼……
我就此告別伊拉克

我放棄警察局、公墓。
我橫越武裝牆壁
和空藥房。
我揮手難捨花園
和留下的女孩眼淚
因為在我前方，要哭的路很長
我的地圖是盲人的枴杖。
我的心是親人滿滿的公墓
　　　我的藥品在那裡……那裡，
　　　　　有安達盧西亞的吉普賽人。
我越過諸國、許多城市
　　　短暫住過小鄉鎮
　　　　　因為格拉納達在等我，
而我在等她；
因為洛爾卡*2注視著

錶針和橄欖樹叢。
我朋友兄弟正等待我
為了我們首部筆記本電腦。

我會倒在他懷裡痛哭。
我會淚濕他繡著歌曲的襯衣。

我會把暴君在兩河之間，
棕櫚樹之間和朋友之間
一切作為告訴他。
我會說到他們用來
吊死哈桑·慕特拉克的繩索，
和用來絞碎靈魂製造
伊拉克肉的機器。
我發現他的房屋空空
僅存他的搖桿。

我喊叫：洛爾卡！洛爾卡！
啊，我母親堅持抽菸的祕密，
　　　不顧她有氣喘病。
你在哪裡？
我的朋友夥伴無辜。
你在哪裡？
沒事，但他的搖桿，顫抖
在窗口
和鋼琴之間。
我一直喊叫
直到他鄰居出來，一位吉普賽女孩，
她說：
你的朋友留給我們就剩這些。
他對他的搖桿說再見……如今

我要描述那條手帕
用來覆蓋他最後看著手錶
　　　　　等候你來的眼睛。

我會為你吟誦他最後一首詩；
他最後一口氣。
槍殺把他攪亂了
我們亂成一團
打結了……
到處哭聲……
到處有人在哭。
我們舉手發信號
傳到雲端
到混亂高度。

「我來到格拉納達
尋找洛爾卡。
也許
我會寫
關於我家被暗殺的人。
　　　　但……我發現他被暗殺了。」

*1 哈桑・慕特拉克（Hassan Mutlak, 1961-
　 1990），伊拉克詩人，本書詩人之一，被
　 獨裁政權槍殺。
*2 洛爾卡（Federico García Lorca，1898-
　 1936），在西班牙內戰初期慘遭法西斯黨
　 槍殺。

荔姆·凱絲·庫巴
Reem Kais Kubba

　　荔姆·凱絲·庫巴（Reem Kais Kubba, b. 1967），出生於巴格達，穆斯塔西里亞大學藝術學院翻譯系畢業，2005年離開伊拉克，2006年定居埃及迄今。出版詩集有《海鷗禁飛》（1991年）、《慶祝失落時光》（1999年）、《我斂翼偷偷寫作》（1999年）、《細語》（2002年）、《何時你才會相信我是蝴蝶？》（2005年）、《海告訴我命運》（2010年）、《青綠色黃昏》（2014年），回憶錄《在德黑蘭閱讀洛麗泰》（2010年）。榮獲1994年伊拉克青年記者聯盟詩獎牌、1997年伊拉克女性文化中心詩首獎、1998年阿拉伯聯合大公國沙迦女性文學俱樂部詩首獎、2004年阿拉伯聯合大公國杜拜文學創意詩獎。

寄自埋設地雷城市的短簡
Short Letters from a booby-trapped city

1

在血腥新聞結束時
我們像蛆蟲垂死。
我們望一眼巴格達，
成為汽車殘骸，
那，才數秒前，載著
……父親，
或全家。

2

用單手，
你拍打自己驚駭的臉頰。

用單手，
你搬運兄弟的靈柩。

用單手，
你的姊妹，
  或是剩下的任何人
在這條荒涼的街道上，
寫你的訃聞，
於塵土。

3

鎮上沒留下公墓。
……。
這塊和平土地
全部變成大理石大塊地板，
埋葬土地。

4

這些喪葬的意義
超越痛苦的侷限。
毀掉存在
和滅絕之間的
邊界。

5

每當日出,
航行底格里斯河的船
載著我們一些屍體。
⋯⋯。
每天,
公墓增加五十個夢想。
⋯⋯。

每個夜晚，
有一新家庭關閉

6

每次死神劃上數字，
直到復仇在我們家裡蔓延，
還要收割更多。

7

家庭繁榮的十條街
會在節日被屠殺，
利用種族怒火燒烤，
這個國家的遺骸。
使他們可被習於戰爭的
惡魔吃掉。

8

不⋯⋯不要逃跑！
無論你把夢想帶到哪裡，
你還是在子彈火線上。

9

兒子呀：
不要去街上，
在家裡玩。
　　——可是父親，
　　　　家在哪裡？

10

巴格達，哈里發的城市，
他們轟炸宣禮塔，

毀掉你將來的夢想，
和可能還會恢復的榮耀。

11

伊拉克呀，喪葬的國度，
從歷史黎明到最後炸彈，
　　伊拉克呀，你一直在流血。

12

掩護他，
他被痛苦和孤獨窒息，
以前種種已成過去。
沒有辦法，只能等待新生活。
然而，但願，
是沒有毀滅的生活。

13

我們的年紀
被愛,
純潔,
而,一夜之間,自殺啦。
死掉一位愛情烈士,
　　我們的年紀。

14

我們的衣服是國家的壽衣
用我們的生命縫製。

15

我們快樂的身體,
被堆在太平間。

我們悲傷的石頭
像彈片飛散。
為建造防空洞，
用破碎的心靈裝飾。

16

我的國家是一位新娘，
美妝遊行
到公墓。

17

死亡是我們的名字。
生命
只能羞澀翻滾。

18

死亡忙於
收割。
國家霸主
忙於
　講話和戴面具。

19

關於戰爭
我們能對誰
控訴。
關於濺血呢？
……。
對無名氏？
對負責人？
對精神病患？

或對我們，
因為我們是伊拉克？

席楠・安東
Sinan Antoon

　　席楠・安東（Sinan Antoon, b. 1967），獲巴格達大學藝術學士學位，1991年海灣戰爭後，離開伊拉克，得哈佛大學阿拉伯文學博士。出版過兩本詩集和四本小說。其所譯達衛胥（Mahmoud Darwish）的最後散文集《在不存在的存在中》獲2012年美國文學翻譯家獎；自譯小說《洗屍者》獲Saif Ghobash文學翻譯獎；第三部小說《Ya Maryam》入圍阿拉伯布克獎，有西班牙文和英文譯本；第四部小說《Fihris》於2016年出版，英譯本即將由耶魯大學出版部出版。其作品被譯成十種語文。現任紐約大學副教授，2016-2017年度柏林大學訪問學者。

來自地獄的明信片
A Postcard from the Underworld

我沒有見過太陽
太陽不會在這裡上升
家父在過世前在那裡見過
他經常告訴關於它，
關於它熊熊火焰。
他說「像一根蠟燭」，
由神點燃。
永不熄滅，
和我現在拿的一樣。
在這裡
他教過我
如何把這些身體放回在一起
用羽毛覆蓋
使他們可以在黑暗裡漫遊。
有時剩下手臂或腿
我放在角落
等待他們第二天
帶來絨毛。

我要問父親關於眼睛
在牆壁上掛一星期了
還在流淚
我不知道是在懷念姊妹
或是太陽？

放下你的角
Rest Your Horns

風是莽撞的公牛
今夜
背受刺傷
到處狂奔
天空吼叫
所有門都緊閉
大家都睡了
我獨醒。

我站定
等著挑戰
揮舞心
說道：
放下你的角
在此地
我們就可一起
流血！

磷
Phosphorus

我小時候
腳踏車尾巴
有紅色反光器
黑暗裡發亮
像貓眼
被遠方來車的
前燈照亮
只有少量磷

只有少量磷
白磷
五年前
照亮費盧傑*1天空
現在
那裡出生的嬰兒
有兩個頭
不然
就是沒有眼睛

*1 費盧傑（Falluja）在伊拉克安巴爾省
　（Anbar），是遜尼派重要據點，接近伊
　斯蘭教什葉派聖城納傑夫（An Najaf）。
　費盧傑素有「清真寺城市」之名，超過
　200座清真寺。2014年1月初，費盧傑市區
　落入伊斯蘭國及遜尼派武裝控制。2016
　年5月，伊拉克軍隊反攻，經過一個月戰
　鬥，被政府軍收復，共擊斃1800名武裝
　分子。

詩人
The Poet

詩人是另一位挪亞

盡其一生

建造文字方舟

裝載隱喻和雲翳

以孤獨為桅檣

但他確定

骨架內

有足夠安靜

讓水滲入詩內

慢慢沉沒

直到置放在

海底

我不去探望母親
I don't visit my Mother

我不去探望母親

因為通常

她住在世界盡頭

經常冷

即使在巴格達夏天

上次我去探望她

她不說什麼

無聲是一塊石頭

對我仍然太重

連她的鄰居也沉默

他們對著我

閉著眼睛

風念念

有辭

我不懂

守墓人

伸手

說：

「讓她安息吧」

酒歌
Wine Song
給馬立鶴和薩赫拉姆

雲的眼淚

為失去姊妹而流

太陽紅了臉頰

因為看到自己裸身

酒對葡萄樹

低聲細語

祕密

把頭靠在地球肩膀

歇息

一隻紅蝴蝶搖晃

飛繞薰衣草

女神歎息

信徒都已滅絕

慾望還等在

守寡體內

海岸悲吟在

潮落時

絲綢喜悅在
觸撫乳房
兩個乳尖爭奪
一張嘴
盲狼嚎叫在
無月夜
地球氣喘
而
千首詩的
種籽都
留在
這一滴
紅酒內

阿卜度・哈迪・薩多恩
Abdul Hadi Sadoun

　　阿卜度・哈迪・薩多恩（Abdul Hadi Sadoun, b. 1968），出生於巴格達，1993年移民西班牙。1997年起擔任阿拉伯文「離散」文學雜誌《Alwah》編輯，並在多處學術中心當阿拉伯文學講席和教授，也把西班牙詩人馬查多、亞歷山卓、洛爾卡、希梅內茲、博爾赫斯、阿爾維蒂等人作品譯成阿拉伯文，他自己的詩被譯成西班牙文、德文、法文、英文、義大利文、法爾斯文、庫德文、加泰隆文。已出版阿拉伯文和西班牙文詩集包括《這日子穿染紅衣服》（1996年）、《構成笑聲》（1998年）、《只是風而已》（2000年）、《死魚》（2002年）、《家族剽竊》（2002年）、《鳴禽》（2006年）、《始終》（2010年）、《伊拉克狗回憶錄》（2012年）、《Tustala》（2006年）等。

死魚
Dead Fish

在噴泉裡無生命的魚，
或許感覺到降臨身上的寒冷？
或許感到驚訝
我穿新衣服，像布皮
被空中的鳥群弄皺？

每天，我搭公車，
經過那附近，
男人照常
俯身噴泉上方，
在磨洗石苔。

無生命的魚，
如果不能游泳
想幹什麼呢？

在底格里斯河附近
Near the Tigris

我到達那裡前夕，
那裡是我離開她的地方
在底格里斯河附近，
我母親問道：
──兒子呀，那麼遠，你能做什麼？
你能說什麼？人民會聽嗎？
他們瞭解我們的話？
我們的臉孔？
我們的痛苦？
他們會知道你是誰嗎？
他們會看重
我們，
或是可能
還遠遠不如
沙粒？

──告訴他們
我在家裡，

陽台上
永遠等待
你回來。

——告訴他們
巴格達的
飢餓藝術家樂團的
奇蹟,
流氓和盜賊,
掠奪
和重生。
或者你就靜靜
忘記你的文字
度過另一生
毫無作為?

——告訴他們
死亡商旅,

千年商旅的事……
兒子呀，
你會把頭
像鴕鳥
埋在土裡
羞愧得掉許多眼淚？

──告訴他們那些商旅事
海珊埋在
沙裡
那是你兄弟死後
躺在那裡永息的
地方，
在他乾葉的
床上。

──告訴他們
你父親、叔叔，窮鄰居，

他兒子的事。
還有
布希坦克商旅的
事
把巴格達夷為平地，
永遠是萬有城市
和平除外。

──母親呀，
我埋頭
因為他們手指
指著我。
讓我飛。
我不想知道
戰爭
他們彼此
毀滅
無休止。

——不，
我不談
我們商旅的事
也不談妳，
母親呀。
我正在期待
夏天
以此方式
他們會知道我痛苦。

就在此刻
It is the Moment

就在此刻
他的陰影
可能是我。

此刻
是紅的
我溺在墨水裡；

隱喻攻擊
對他們遺忘的牆，

不知足，
他們選擇，
作底部，無窮大。

此刻……
不在場喔……
在呢呢喃喃之間，

鞭子啪喳響
與此同樣
封住了，噪音微弱。
輕如盤子
擊倒。

我聆聽。
就在此刻
來了又去了。
我
在等待。

雅逖・阿爾巴卡特
Ati Albarkat

　　雅逖・阿爾巴卡特（Ati Albarkat, b. 1970），出生於伊拉克烏魯克，詩人、小說家、報人、律師。1996年留學美國，研究英語文學，然後為國際非營利組織工作，經歷許多國家，再回到伊拉克念法律，取得律師資格。已出版10本書，為數個國際聯盟和組織的會員，參加世界各地詩歌節朗誦詩，包括2016年淡水福爾摩莎國際詩歌節。其詩作已被譯成數種語言。

當我是詩人的時候
When I was a poet

自從心靈荒漠顫顫覺醒
我一直嘗試歌頌遠方。
自從彩裝爪牙首度站起來
我一直在清洗全城廁所的同夥眼淚中躺下
痛飲葡萄酒成河的榮耀。
自從我生命的第一時刻起
我一直在為很少誠實的牧人
尋找成袋的隱含人稱代名詞。
自從……
自從……
自從……

繼續旅行，我從未奢望安全結束。
我接近四十，不知道怎麼活過來的，
百萬狙擊兵用手指滑動雷射世界密碼，
在這空無的家園彼此依偎坐著。
未受到慈悲和溫柔感動的家園呀。

我從來就沒有想過希望
因為我從不幸者破滅的希望受夠教訓。
我從未有任何夢想，無論睡或醒。
自從童年起思思念念的一件事是
對總統最後電視廣播無動於中
顯示我們祖先在收穫季時走啦。
火箭發射器收穫季持續到審判日。

我不假裝信教，但我無罪，
我乾淨的記錄就是見證。
我不用名氣塗臉，不為總裁職位花一毛錢。
但所有這些人——窮、富、賤、貴——
吻我父親的手，因為他一時糊塗，
把我送進地獄不求回報，我父親喜愛
宴客，即使破產也在所不惜。

我並不用功追求真本事的學位，
像我們諸部長神經兮兮掛在辦公室牆壁上。

牆壁本身乾乾淨淨，但我們白天看到
他們臉上卻怎麼都不乾淨。
在我書房的圖書底下總放著
學位文憑可以滿足世間。

我經過每一城市，但我心未休閒過，
除非在地雷和衝突區，那是認真的和平掮客
無法解決──或煽動衝突的地方！
（再也無所謂啦）
（一塊陶片可破壞全組）
（他們的火自焚其木）
這些文句變成標語和規則控管所有人民
我除外。
（亂扯）
並非天生亂扯而是我們搞成這樣。
（我們放棄啦）
我還沒放棄，我要用28個字母改變全世界。
我要用一切創作痛苦削尖的筆來改變。

我是詩人。詩人比先知更有力量，
沒有神能控制他，連上帝自己也無法！

困惑
Mazes

1

由於我的頭已掉落在你的廢墟
而你正在咀嚼我的歲月。
你牙齒這樣不會有毛病嗎?!

2

我們家是用火柴搭起來的,
但我們不讓鄰居
用來擦背!!

3

我們觸怒死神
用我們蔚藍的墓碑!!!

4

生命已矣，
像幻影映在玻璃杯內
裡面不裝眼淚，
也不倒酒。
生命已矣，
抱歉，我意思是火把
故，何時生命要消失
或是餘燼將熄滅？！！！

納喜勒・葛諦樂
Nassire Ghadire

　　納喜勒・葛諦樂（Nassire Ghadire, b. 1971），
是戰後伊拉克年輕代表詩人之一，參與過1990年代
後期論爭。身為報人，在1990年代各種伊拉克和國際
文學雜誌發表詩，包含《文學異化》（Al Ightirab Al
Adabi）。雖然年輕，卻經歷過當代大多數軍事行動，
並實際參戰。在伊拉克公立大學獲得阿拉伯語言、邏
輯和哲學博士學位外，又在納賈夫（Al Najaf）最高宗
教學府接受高等教育。現為聯合國駐伊拉克代表處官
員。他這一輩詩人具有代表1990年代伊拉克戰後動亂
經驗的意義，在詩裡所表達甚至超越戰爭經驗，也涉
及戰後文化對抗，以及新寫作經驗建立過程，其戰後
意識反映戰後文化經驗。

然後，在火裡不死也不活*1
Then, He Will Not Die in It Nor Live

我們需要戰爭讓我們退伍，
在一個一個死亡結束時
與街頭打交道
...................*2
我們需要戰爭
讓我們退伍，沒有頭
留下粗鬍鬚
與美麗女郎調情
....

我們需要戰爭，
在戰爭中思念
回家前的咖啡*3
長靴在戰時被泥巴
和回憶餵胖了
....
....

我們需要戰爭
就像在我們血液裡

你和我

戰爭用長指

和背部

塞入我們肋骨裡

我們帶著它們在脈動

噠—噠……噠—噠……噠—噠*4。

我們需要戰爭；

又快又久

有目的和意圖

這戰爭我們因懼而愛

用我們的長靴磨臼齒

在堡壘下方談論傅柯和德希達……

正當背部脈動

噠—噠……噠—噠……噠—噠

戰爭中著名的是貝雷帽*5

納德哈*6、薩阿德廣場*7

薩阿第·阿希里「我不會告訴任何人」*8

煙被手指遮蔽……

停……
夜間口令?!*9
我們確實需要
有壯膽的蛋彈
庫德族巴士司機
百吉*10餐廳
羊肉串是一又四分之一第納爾
「給我5%香菸！」*11
以及「母親大人：
向您稟報事情水到渠成……」
而背部脈動
噠—噠……噠—噠……噠—噠
我們需要就是了
因為我們不是非常熟悉
蛋彈在我們褲子內燃燒。

*1 引自《古蘭經》「至尊篇」第83章第13節。
*2 表示間斷，可能加入其他詩行。

*³ 指巴格達市拉希德街路邊咖啡，詩人戰士
　 們從前線或戰場回家前，習慣上在此歇息
　 喝一杯。
*⁴ 脈搏狀聲詞。
*⁵ 伊拉克士兵都戴貝雷帽。
*⁶ 納德哈（Al Nahdha）是巴格達市巴士站，
　 士兵由此出發入伍。
*⁷ 薩阿德（Sa'ad）廣場是巴士拉市（Basrah）
　 巴士站，士兵由此出發入伍。
*⁸ 薩阿第‧阿希里（Sa'adi Al-Hilli）是著名歌
　 手，往前線的巴士上收音機沿路大都時間
　 在播放他的歌，引號內即其歌曲之一。
*⁹ 夜間口令是軍事上士兵彼此在夜間和交接
　 班時識別身分用。
*¹⁰ 百吉（Baiji）為伊拉克北部城市，位於摩
　 蘇爾（Mosul）和巴格達之間。
*¹¹ 伊拉克士兵間抽伸手牌香菸常用語，原文
　 是 "khamus khamus ya Sah!"

阿立夫・薩義狄
Arif Al-Saaidi

　　阿立夫・薩義狄（Arif Al-Saaidi, b. 1976），
阿拉伯文學博士。已出版四本詩集：《無色彩的旅
行》（1999年）、《水是他的年紀》、《一堆問題》
（2013年）和《博客》（2015年）。榮獲科威特、杜
拜和伊拉克文化部國際獎項。為伊拉克和阿拉伯作家
聯盟，以及伊拉克記者聯盟會員，熱心參加阿拉伯世
界的詩歌節活動。

唯一的朋友
The Sole Friend
給我四歲的好兒子

老朋友一個都不剩了
小兒子如今是我的朋友
我被朋友裝扮成
流浪街友
我們的笑聲填滿牆縫
我們的歌聲自然流露
串成小河流
我們步行
夢想買車即使小車也無妨
在巴格達逛街
當我們每人都有車
在巴格達逛街時
變成分開、孤立、單獨
這空虛的夜晚沒有他們的臉有什麼味道！
這赤足的城市沒有他們笑聲有什麼味道！
天呀，寂寞呀！
老朋友一個都不剩了

每晚

我的小兒子

和我一起搭車

坐在我旁邊

是留下的唯一朋友

一起聊天

一起笑

一起鬥嘴

到市場買必需品

他是我唯一的朋友

但他會長成青年

我就怕這個

天呀，我怎能說服他別長大？

我怎能把他的童年和時間岩石緊緊綑住

我怎能讓他忙到停在孩子階段？

但到時他會長大，他會換老朋友

會找到新朋友

和他們笑

笑聲填滿牆縫

他們在巴格達逛街

他們會坐車

他會戀愛

先是和鄰家女孩

不瞭解我了

朋友轉變成父親

說話老是嚴厲

當你變成兒子

我變父親

我們不是朋友了

你不會跑來擁抱朋友

迎接他下班回家

你每天吻父親

會不好意思

親吻會在正式場合

輕輕地

表示敬意

時間輪子在轉動
我會在車上坐你旁邊
陪你載老朋友
去醫院
不會聊天
不會一起笑
不會一起鬥嘴
你不會喜歡詩人老朋友
但有一天，你就是這首詩

譯自Muzahim Hussein英譯本

雅莉亞．阿爾瑪麗姬
Alyaa Almaliky

　　雅莉亞．阿爾瑪麗姬（Alyaa Almaliky, b.
1979），出生於巴格達，獲藝術學士學位。是21世紀
初葉年輕世代聲音之一，於伊拉克廣播電台工作，主
持著名文化節目，為伊拉克作家聯盟會員。

玫瑰悲歌
Elegy of a Rose

妳的心已熄燈睡啦
所以我沒有為紅玫瑰
找溫暖的地方存放

我的玫瑰凋謝了
不知道
她是誰
又是誰逃離她
潛入叢林
睡覺

忙著在我內心準備咖啡的侍者
停止叫聲
今夜唯一的燈把我們湊在一起
我們坐著、喝著、夜聊、又哭又笑
這裡不會熄燈
就像在我愛人心裡
我愛睡覺

每當妳的心熄燈睡覺
我就潛入咖啡店
逃離妳的夜
侍者，妳記得嗎？
昨天我把玫瑰留在桌上
她忘記問我，她是誰？
也許她曾經是我的朋友或愛人的，也許是妳的
也許她以前的方式是依賴我的白天
或是街道的夜燈

每當我愛人的心中熄燈
我就往街上看
侍者忙著在我內心準備咖啡

夜裡咖啡店打電話給我
你什麼時候才會醒來？
玫瑰已凋謝啦
侍者叫我宣稱我是女性

像玫瑰……像夜晚……像熄滅的燈
在我們初次背叛的夜裡
玫瑰有留下任何痕跡嗎?
我會再問問侍者、三次、四次,直到記得
她是誰?

奧梅爾・薩瑞
Omer Al-Sarray

　　奧梅爾・薩瑞（Omer Al-Sarray, b. 1980）出生於巴格達，阿拉伯語碩士。伊拉克作家聯盟會員。已出版四冊詩集。

無海灣的陌生人
Stranger without Gulf

從女人遺棄的城市

除去城市特色

除去歌聲

心裡沒有空間

描述我們夢想的架構

電線不哭泣的街道……

從記憶中腐爛牆壁除去全部日期的圖片。

除去情人過路的步伐；

心愛的人過路步行的欲望。

除去樹色上方鬆弛的日期

一葉又一葉

他們坐在這裡

他們的存在觸怒行人

他們站起來走開。

從水除去河流的意義

除去人類

這樣黑漆漆只能滿足圖片。

*

而聲稱首要的是
木材和嗚咽的民歌
海岸是地獄謎語
兒子是陌生人
卻無海灣
他們愛
卻語調痛苦
用手指比劃獨白
在曲橋上
但……堤防上……空無
海岸在沙塵中分離
所有櫓槳是一道……舵手的傷口。
群鳥翻轉羽毛飛過他們頭頂,
點綴著咕咕聲,
以黑暗為傲,
被禁止在此城市停留

被禁止駐足
所有樹枝都是死亡射手
所有建築物都是綿長的語絲
隱藏在文字曲折裡試圖集合他人
發布和平宣言
滑落入叛徒的粉碎中
再度轉向失色羽毛
在夜裡探尋清醒的語句⋯⋯

*

請記住如果聽到鴿子哀聲
我的鴿子呀！我姊妹在哪裡？
盡量別重複這個問題
盡量別盤旋高亢的聲調
當他問：仍然無法抵抗其尖銳刻薄的
城市在哪裡
請聽⋯⋯你會聽到另一種譯法

奧梅爾・薩瑞　313

從天空不美的城市
除去城市特色
除去在鬥爭鋼叉上醒來的露水。
從鹿睫毛下的黑痣除去軍鞋；
在每人嘴唇上種植美人吻，
大地飽受埋葬的人。

阿里 · 馬默德
Ali Mahmood

阿里 · 馬默德（Ali Mahmood, b. 1983），出生
於巴格達，詩人、散文家、記者。伊拉克作家總聯盟
會員、巴士拉詩社共同創辦人。出版三本阿拉伯文
詩集：《夢想家的覺醒》（2011）、《為別人而活》
（2013）和《雲的後裔》（2015）。詩選入當地許多
文學集會和詩選內。

似空前夜晚
As If There Is No Night Before It

他感到孤單
孤單的人今夜會死
似乎有一群死者或天使
正等待來接他
此去永遠無回頭

睡眠多次逃避他
他心裡老是在住家周圍徬徨
像鳥迷途不小心闖入屋內
床鋪是細心備妥又冷又刺的地毯

路上每一步都在催他趕緊
哪個空間足夠埋葬這隻禽獸
阻止他嘶嘶作響?
他孤孤單單感到好像死亡今夜會到

夜裡沉重如古老祕密
給予急迫又無法回答的問題

等候一群不說話
又不吼叫的
恐怖
似乎無腳又無容貌
似乎夜晚擁有模糊脾氣
這孤單夜晚

誰知道恐怖已關門
破燈
和隱形利刃？
誰知道痛苦是無舌的語言
或者舌頭疲勞或麻痺？
誰知道孤單一再重複
延伸
堆如塔高

伸懶腰
走路縮頭

在襯衣間偶爾顫抖
他臉色變化且距離路線無序
床鋪像乾荊棘在刺他
夜晚他祕密流血而白天是最不安全賭注

無人
孤單持續不斷綿綿無盡
在他體內挖洞以燃燒毛孔炙熱
把牆壁變成硬板
窗口變成潮濕斷頭台

無聊之夜
似空前夜晚
似時刻相接
系列連接到地獄為止
似乎地獄今夜要早些接待他
也許天堂全然下降
或是大地震動上升

黎明曾是腐朽的美夢
於今用他昔日石油和翌日火柴燃燒

那是他用來封閉火山口的破布
誰知道他的火山在窄弄和矮房內
有詩篇
沒有朗誦者或聽眾的
詩篇
誰知道他的沉默是虛情假意

他用神祕符號沸騰：
拒絕晝夜懷疑的黎明
他的符號是嫻熟虛無鬼及其暗燈的垂布條
手即……真理並加以否定
眼睛一次就全部傾注惡夢
無人

之後誰還會幫他
無人會幫他最後一晚的孤單
只有等待
天使或死人

語言文學類　PG1824　名流詩叢26

伊拉克現代詩100首
100 Iraqi Modern Poems

編　　著／雅逖‧阿爾巴卡特（Ati Albarkat）
譯　　者／李魁賢（Lee Kuei-shien）
責任編輯／林昕平
圖文排版／周妤靜
封面設計／蔡瑋筠

發 行 人／宋政坤
法律顧問／毛國樑　律師
出版發行／秀威資訊科技股份有限公司
　　　　　114台北市內湖區瑞光路76巷65號1樓
　　　　　電話：+886-2-2796-3638　傳真：+886-2-2796-1377
　　　　　http://www.showwe.com.tw
劃撥帳號／19563868　戶名：秀威資訊科技股份有限公司
　　　　　讀者服務信箱：service@showwe.com.tw
展售門市／國家書店（松江門市）
　　　　　104台北市中山區松江路209號1樓
　　　　　電話：+886-2-2518-0207　傳真：+886-2-2518-0778
網路訂購／秀威網路書店：http://www.bodbooks.com.tw
　　　　　國家網路書店：http://www.govbooks.com.tw

2017年7月　BOD一版
定價：390元

國家圖書館出版品預行編目

伊拉克現代詩100首 / 雅逖.阿爾巴卡特(Ati
　　Albarkat)編著；李魁賢(Lee Kuei-shien)譯.
　　-- 一版. -- 臺北市：秀威資訊科技, 2017.07
　　　面；　公分. -- (語言文學類；PG1824)(名
流詩叢；26)
　　BOD版
　　譯自：100 Iraqi modern poems
　　ISBN 978-986-326-444-6(平裝)

864.551　　　　　　　　　　　　106010695

讀 者 回 函 卡

感謝您購買本書，為提升服務品質，請填妥以下資料，將讀者回函卡直接寄
回或傳真本公司，收到您的寶貴意見後，我們會收藏記錄及檢討，謝謝！
如您需要了解本公司最新出版書目、購書優惠或企劃活動，歡迎您上網查詢
或下載相關資料：http:// www.showwe.com.tw

您購買的書名：＿＿＿＿＿＿＿＿＿＿＿＿＿＿＿＿＿＿＿＿＿＿＿＿

出生日期：＿＿＿＿年＿＿＿＿月＿＿＿＿日

學歷：□高中 (含) 以下　　□大專　　□研究所 (含) 以上

職業：□製造業　□金融業　□資訊業　□軍警　□傳播業　□自由業
　　　□服務業　□公務員　□教職　　□學生　□家管　　□其它＿＿＿

購書地點：□網路書店　□實體書店　□書展　□郵購　□贈閱　□其他

您從何得知本書的消息？

　　□網路書店　　□實體書店　□網路搜尋　□電子報　□書訊　□雜誌
　　□傳播媒體　□親友推薦　□網站推薦　□部落格　□其他＿＿＿＿＿

您對本書的評價：(請填代號　1.非常滿意　2.滿意　3.尚可　4.再改進)

　　封面設計＿＿　版面編排＿＿　內容＿＿　文／譯筆＿＿　價格＿＿

讀完書後您覺得：

　　□很有收穫　□有收穫　□收穫不多　□沒收穫

對我們的建議：＿＿＿＿＿＿＿＿＿＿＿＿＿＿＿＿＿＿＿＿＿＿＿＿

＿＿＿＿＿＿＿＿＿＿＿＿＿＿＿＿＿＿＿＿＿＿＿＿＿＿＿＿＿＿＿＿

＿＿＿＿＿＿＿＿＿＿＿＿＿＿＿＿＿＿＿＿＿＿＿＿＿＿＿＿＿＿＿＿

＿＿＿＿＿＿＿＿＿＿＿＿＿＿＿＿＿＿＿＿＿＿＿＿＿＿＿＿＿＿＿＿

11466
台北市內湖區瑞光路 76 巷 65 號 1 樓

秀威資訊科技股份有限公司 　　收

BOD 數位出版事業部

‥‥‥‥‥‥‥‥‥‥‥‥‥‥‥‥‥‥‥‥‥‥‥‥‥‥‥‥‥‥‥‥‥‥‥

（請沿線對折寄回，謝謝！）

姓　　名：_____　　年齡：_____　　性別：□女　□男

郵遞區號：□□□□□

地　　址：_____

聯絡電話：(日) _____ (夜) _____

E-mail：_____